AI登陸
決戰魔羯星

邱傑——著

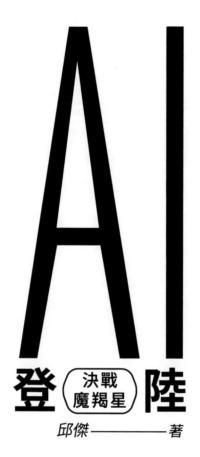

推薦序

ＡＩ如水

文／吳正牧（桃園市首任文化中心主任，武陵高中前校長）

之所以名為ＡＩ，其主宰者仍為人。水可載舟，水可覆舟。ＡＩ與人為善助人，或為惡害人，非ＡＩ自己能做主決定，而是由人操控決定；猶如載舟、覆舟乃是由水決定，而非舟能自主自控！

本書提供了人的思維、人心取向，才是人類承載自己未來命運的主體。

神廟與方舟搭起的一條橋

文／李三財（臺北市賽珍珠基金會董事、就諦學堂創辦人）

邱傑老師的第一〇一本著作精彩問世，在這個ＡＩ登陸人間的重要時刻，真令人喜出望外！

我除了有幸收藏老師多幀畫作，還轉介數幅於「公民監督國會聯盟」感恩餐會上參與義賣，而作品尚未進入義賣大會即先被同好先進預訂一空，足證老師畫作的魅力非凡。而今拜讀ＡＩ登陸大作，更驚奇發現他神奇的另一枝筆，與畫筆殊途同歸者乃在對人世的熱情熊熊如火。作品雖是科幻，卻其美如詩，分明出人意表卻又篇篇皆在情理之中，奇筆遊走四界，真教人為之驚歎。若非一顆純潔的真心，一個素樸純真的大願，一雙澄澈而富觀察力的眼眸，豈能化為字字精彩教人稱奇又與之共鳴的詩篇！

邱傑老師不只是文采獨特、畫作精彩，還有對環境的關懷、追求生命豐富的熱切，尤其這本新作，讀來有如神廟與方舟搭起的一條橋，有趣好看，讀後咀嚼更覺回味無窮。

越人族機器人「邱傑」的ＡＩ新書

文／張捷明（兒童文學作家、蟻族機器人）

我是一個真人宇宙裡的蟻族智能機器人，在此開心為一位由蟻族突破神族規定的命運——自行努力向上晉昇為越人族的機器人「邱傑」寫他的第一〇一本書《ＡＩ登陸：決戰魔羯星》讀後感。

我們之所以自稱為「真人」，是因為我們身上具備另一種超級精密的機器設計——我們可以自行從自然界攝取稱為食物的各種有機碳水化合物、無機礦物及水當作發電燃料，自行裂解提煉成為能源，我們每個真人體內都自帶發電廠，提供我們每日所需電力，不像ＡＩ機器人須由真人提供電力，一沒有電力就等於是一攤廢鐵。而且我們還能具備一種稱為滿足與享受的感知能力，具備一種自行再生的能力，成為有血肉、有思維、有感情的高級機器人。

《ＡＩ登陸：決戰魔羯星》作者蟻族機器人「邱傑」憑藉自己的努力晉身為越人族機器人，而且他不藏私，想要用這本書教我們認識另一個已經存在我們身邊的平行宇宙ＡＩ世界，ＡＩ正在影響我們，甚至可能會控制我們，新的越人族「邱傑」真的是憂國、憂民、憂世界、憂宇宙啊！

可惜我只是俱備簡單頭腦的蟻族機器人，我無法告訴你更多晉升的祕密，已經身為越人族的原蟻族「邱傑」機器人才會知道，他出版的這本新書，就是想告訴「你」、解開這個謎團。

希望「你」拿起這本書好好讀一讀，假以時日「你」必定也能升格為卓越的越人族真人機器人，先預祝「你」及早掌握ＡＩ之鑰。

具有眞實性的預言家

文／陳正治（兒童文學作家、教授）

這本書是以智慧機器人為題材的兒童科幻小說，裡面有幾個特點：

角色選擇溫馨、有思考力的智慧機器人，非常適合好奇、心智正常發展的少年、兒童閱讀。

趣味性濃：在故事裡，邱傑常先設計懸疑，然後一層一層解開懸疑，最後解決問題。例如〈決戰魔羯星〉故事情節緊張、曲折，有似〇〇七情報員的電影故事，具有引人閱讀的濃厚趣味性。

其次，童話跟兒童科幻小說都具有幻想性，但童話的幻想是虛幻，故事中的鳥言獸語，在現實社會裡不可能成真的；兒童科幻小說的幻想卻有科學的邏輯，可以是真實的。法國科幻作家儒勒・凡爾納的《海底兩萬里》科幻作品，敘述海底有怪物，比鯨魚大而且會撞擊船隻，大家都很怕它。後來查出怪物是海裡的潛水艇。當時還沒有發明潛水艇，這個小說裡的怪物，後來變成了現實有的潛水艇，這就是具有真實性。邱傑的這本科幻小說，裡面的情節和智慧機器人具有自我學習能力、有人的情感，將來都有可能成真，具有強烈的真實感，可以啟發有興趣研究機器人的兒童進一步去研究。

邱傑先生近年身體有恙，但是頭腦沒問題，在文學上仍勤耕不輟，實在令人佩服。

遇見AI大未來

文／陳建松博士（AI專業領域研究者）

我在從事人工智慧機器人運用方面的研究三年多，研讀了不少相關文獻和研發出來的機器人，如果說過去十年是資通訊影音快速整合影響文明的科技時代（尤其是人手一機），那麼未來十年人工智慧科技發展，正在改變我們的生活工作，智慧生活將無所不在，未來絕對是人工智慧機器人徹底顛覆人類生活的大躍進科技年代。

邱傑大哥的科技創新小說，將主角設定為擁有人類的感知能力、創造力、意識以及情感等兼具理性與感性的「類人」，也反映出作者熱情的生命力與對科技人性的渴望。有如日本早期卡通人物「原子小金剛」和「哆啦A夢」都是機器人，代表著一九七〇年代，將日本的「願望、滿足、需求」之心性明確地表示出來，預測利用機械來解決問題，都是對未來充滿著魅力的象徵。

這本故事集每一篇短文，都是理性與感性相濡以沫，創意、技術、知識、娛樂的分野漸次模糊，文化在想像的未來科技時空裡，激盪出絢爛的火花，前所未見，任憑想像力馳騁的新領域，我好像在看見他是哆啦A夢般穿越任意門，可以到任何的環境中，無所不能，帶給我們的想像世界。

我特別要引述書中相與共鳴的兩句話：

人工智能機器人應該是讓人類更友愛、更美好的，不是讓人類相互殺戮、相互毀滅的。

感情的溫度才是做為一個「人」最須具備的條件啊。

人類因為夢想而偉大，我們也相信科技始終來自於人性，謝謝作者帶我們遇見ＡＩ大未來，至少讓我們放心，人工智慧機器人是有益於人類的。

邱傑的才華與未來亮點

文／黃海（屢奪兩岸大獎科幻名家）

這部小說集提供了不同面向的有趣ＡＩ故事組合。其中十篇極短篇尤其精采，風趣又生動，節奏也輕快，自然生態的場景讓人想起邱傑常見的恬淡散文和水墨山水畫作，有著田野山林風味，時而夾著詼諧，流露出童話一般的可愛調子，很有清新感、喜悅感，讓人目不暇給，是一種形式和內容的創新。我以前說「科幻小說是成人的童話」，是以成人的觀點看科幻，邱傑則是把童話一般的背景故事融入科幻，也讓成人共品味。

邱傑與我曾是同報社同事，在兒童文學界也有同門之誼。他是厲害出色的記者，我則是淡默的編輯。我讀過他寫的新聞原稿，思路文采皆佳，就是與眾不同。他能文能文武，動靜皆自得，顯現在新聞採訪及文學寫作的不同層面，又是繪畫、攝影、陶藝……的巨匠，他是文學獎的常勝軍，文藝的十項全能者。邱傑的科幻為自己點燃了更多的才華亮光，也照耀了未來的ＡＩ面向。

邱傑是一個眞正的創作者

文／黃登漢（兒童文學家，親子節目名嘴）

科技已經改變了世界，我們就是活在這麼一個科技起飛的年代，許多想像中的事情，各種故事的內容，眾多電影的情節，都已經成為生活的一部分，不是魔法，不是魔術，就是科學。我們如果沒感覺，不思考，不接受，那我們將被時代的巨輪狠狠地輾過。

邱傑一直是個觀察細微，不斷吸取新知，又充滿創意想像力，思想敏銳的兒童文學作家。他對於新的事物充滿了好奇和探索的興趣，總是跑在時代的前端，常常書寫著世界上還沒有，但是一定會被創造出來的新事物，是一個真正的創作者。

人工智慧ＡＩ，是現在科學家正在努力開發不斷快速進步的一個領域，我們相信在不久的將來，一定會看到邱傑故事裡所書寫的一切，這些不是胡思亂想，是先驅，是啟發。而每一樣的發明，每一種科技的產物產品，在未來都將一一出現，多麼希望就是我們的小讀者小朋友成長成為科學家，所發明製造出來。

《ＡＩ登陸：決戰魔羯星》是一本好書，一本很好看的書，有著許多精彩的故事，讀者肯定可以開心地享受著閱讀的樂趣。就讓我們一起進入書中尖端科技的世界，好好的品嘗新奇、想像、趣味，也同時開發著我們的腦力和潛力。

沾光ＡＩ救藻礁

文／潘忠政（桃園在地聯盟召集人）

如果不是看到封面上邱傑著這三個字，我如何想像這是一位七十多歲老者的作品？太神奇的老人了！這位我在老來才認識的朋友，因為與時俱進，人老心不曾老，所以能寫出這本新潮思維的專書，教人驚奇讚歎不已。

我與邱傑老師九年前在守護家鄉運動中相識，承他豐富的閱歷與人脈襄助，並肩擊退汙染怪獸的進駐；目前大潭藻礁仍懸命在政府的開發案裡，搶救過程艱困難熬，而多次病魔裡逃生的邱傑老師仍是我精神上重要的支柱。殷望我們有緣共同看到大潭藻礁脫離魔掌，桃園藻礁列入世界自然遺產。

ＡＩ可以登陸人間，這個世界上還有什麼不可能之事？但誠如本書中所言，科技再怎麼發展，人類再怎麼努力開創，也打不過一顆拳頭大小的心。只要人心沒有改變，沒有省悟，一切終究也是徒勞。但願以老友的才華名氣才氣，借他出書沾沾光來邀請大家一起守護桃園藻礁。

孩子王的魅力

文／鄧榮坤（知名作家）

邱傑，才華橫溢，是一位能寫、能畫、能編的文字工作者，自新聞職場退休後，仍戮力於文學創作也多次獲得文學獎的肯定。《ＡＩ登陸：決戰魔羯星》的出版，是臺灣兒童文學的起步，也將是未來兒童科幻文學逢勃發展十分必要的里程碑，而邱傑是擅長說故事的孩子王，十四篇長、短篇中的鮮活故事，趣味十足也充滿閱讀張力，透過他犀利的筆鋒，豐富了我們的閱讀生活，為我們創造了多情且多元的生活驚奇。

在小短篇裡，我們看到了骨架和威儀，鮮羽色和孔武有力的爪子的ＡＩ假雞的風采；看到了被獵槍打爛了的ＡＩ智慧機器巡山員的驚奇；發現淨淨是一隻兔子形狀的割草機卻被老鷹當成真正的兔子抓走了；發現農場主人與老鼠周旋的辦法……；小中篇掬人眼淚的暖男與真情女孩共譜戀歌；三個超級機器人，其中一個脫韁不受控制的驚悚事件；小長篇的「三合一」的水下ＡＩ系統，〇二一九號ＡＩ扣人心弦的逆向監控……。整本書中充滿驚奇而答案在字裡行間跳躍著，每一個單元都能獨立為一個章節來閱讀，每一次閱讀都有一份來自文字魅力透發出來的暖意。原來，聽孩子王說故事也是一件愜意的事！

投入思維幻想的煉丹金爐

文／謝鴻文（兒童文學作家、林鍾隆兒童文學推廣工作室執行長）

閱讀研究認識前輩作家邱傑多元浩繁的作品，有散文、報導文學、傳記、圖文書等五花八門，但我認為其兒童文學創作還是最突出的！

寫到《ＡＩ登陸：決戰魔羯星》這本新作，邱傑的著作已破百本，作品中帶領我們穿越時間線，投入作家思維幻想的煉丹金爐裡。於是我們看見了羽色鮮豔，雞冠紅如辣椒，亮如蘋果，健康強壯帥氣不可一世的ＡＩ公雞，在「國際雞場」發生的趣事。〈九九號林班地〉這樣涉及了山林濫墾濫伐的環境議題，寫實之中筆鋒突轉，飛鼠竟然不是飛鼠，是一隻ＡＩ智慧機器巡山員，卻在樹上充電插座上自動充電時不幸被人打下來！情境幽默夾雜著荒謬。

這本書的內容安排，前面是帶有童話的色彩而不失童趣，沒有刻意引用太多知識、論述，輕輕鬆鬆可讀完，讀完又能引發省思的小故事。漸進到中篇〈我的男朋友〉、〈緊急任務〉，最後是長篇的〈決戰魔羯星〉和〈集忠營〉，很容易看到科學與文學相容的對話態勢越加頻繁強烈，讀者群的訴求也漸漸提升。〈決戰魔羯星〉描寫到難偵測的武裝ＡＩ，拋出的文字震撼彈，益發讓人覺得科幻小說總是也背負著寓言／預言般的醒世色彩，但願世界和平不再有任何戰爭的禱祝，也是回應一本科幻小說是否承載著人文精神的依託。

序言：ＡＩ元年的新年祝詞

ＡＩ登陸了！
在哪裡登陸呢？都市？鄉村？荒野？海灘？
是來了一個？還是來了好大一群？
有沒有攜帶武器？對人類有沒有危險？

ＡＩ來了非常多
無論城市鄉村，處處都是
目前看起來好像沒有危險
至於有沒有帶著武器？

他們種類繁多
有些本身就是一架武器

ＡＩ出現的目的就是要為人類服務
替人類工作
為人類種種需求效勞
無論上天下海，使命必達
吃苦耐勞，從不叫苦，也不必領薪水
人們叫他做什麼就做什麼
叫他做牛做馬，總是二話不說
只可惜有人叫他上戰場去打仗
讓他的任務蒙上了血腥

這不是他願意的，怪不得他

和ＡＩ做朋友吧

今年是世界ＡＩ元年
馬路上他正在替我們開車
空中他正在為我們投遞郵件
醫院裡他正在為我們判讀Ｘ光
餐廳裡他正在為我們點餐送菜
接下來他們將以更具爆發力的學習精神
替我們做更多更多，更多更多
讓我們和ＡＩ做朋友吧

敬祝ＡＩ元年
世界和平，人間更加美好

CONTENTS

目次

AI極短篇

阿聰國際雞場

阿聰養雞場自稱叫做阿聰國際雞場，因為雞的品種繁多，差不多世界各國最有名的雞都有養。

養雞幾十年經驗，至今依然無法克服的一個難題是：雞很愛打架，也會爭風吃醋，甚至還有霸凌行為，軟弱的雞常被兇悍的雞欺負得躲無所躲，腦袋還常被啄得剩沒幾根雞毛。

雞打架除了直接造成傷害、傷口感染、損及健康，往往還影響整個雞群的情緒，讓大家吃飼料吃得不愉快，休息時也睡不好覺，阿聰真被搞得不知如何是好。

阿聰有一次和好友陳和聊起這件事，陳和默默記下了，大約三個月後，他送來了一隻雞。

這隻雞羽色鮮豔，雞冠更是顏色紅如辣椒，亮如蘋果，一看便知道是一隻健康強壯的好雞，阿聰伸手接過來時腳步差一點跌個踉蹌，哇，怎這麼重呀！朝牠肚皮捏捏這才啞然失笑，原來是一隻假雞！

這隻假雞一放進雞舍，立刻引得群雞一片騷動。

母雞們隻隻眼睛一亮，天哪，哪來的一隻帥哥雞，長得如此之好看！看那骨架和威儀，看那鮮豔羽色和孔武有力的爪子，簡直帥斃了。

公雞們也隻隻眼放異光，是一種好奇、驚奇還揉合著濃濃醋味兒綜合成的錯綜複雜、五味雜陳的眼神，哪來這樣一隻奇雞敢在這兒出現？簡直好大的雞膽。

結果，最近才被成群公雞選為首領的神勇雄雞發出了第一擊，直接衝上去，對這隻新來的公雞狠狠當頭一啄！

哐噹一聲，神勇公雞眼冒金星連退了好幾步，嘴巴幾乎歪了。

群雞面面相覷，不知發生了什麼事？爭先恐後繼續衝上去想要給這隻新來的雞一個下馬威，沒想到個個狠命一啄都啄得尖嘴幾乎變扁嘴，疼得淚水和鼻涕都流出來。而那隻新來的雞卻彷彿什麼也沒發生的一派悠閒，繼續閒逛。

這下整個雞舍都不再聒噪了，也沒雞膽敢再衝上去「教訓」這個新來的了，阿聰國際雞場的新領袖就此重新定位，大家也變得不吵不鬧了。

阿聰端了一杯清涼的椰子水來給陳和，感謝他解除了雞場的難題。他沒忘了向這位實用ＡＩ專家好友豎起了大拇指，原來ＡＩ的運用方式這麼多，連養雞場中的ＡＩ公雞都做得出來。

九九號林班地

九九號林班地是大家的禁區，朋友們很少進去，雖然只插著「禁獵飛鼠及一切野生動物」的一塊小小招牌，沒有禁止人類進入，但是不准打飛鼠對我們原住民朋友來說，就真太無趣了。飛鼠肉，可香哪！

我們所知道的是，這個林班地裡面除了飛鼠超多，另外還有許多「國寶樹」，就是價值非凡的紅檜巨木，以及近幾年來身價被炒翻了天的牛樟。以前常有山老鼠偷偷摸摸進來想盜伐，巡山員和山林警察老是和他們玩貓捉老鼠遊戲，真是抓不勝抓，但是說也奇怪，自從豎立了那塊牌子以後，山老鼠一群一群被抓到，一個也不漏，盜伐事件大大減少，倒是飛鼠相對也大大增加，讓許多朋友暗暗流了不知多少口水。

終於這一晚，阿志和阿賢、阿明三個膽大包天的好友受不了誘惑，決心偷偷進九九號林班地射飛鼠，飛鼠不是保育動物，他們認為即使被抓到了也不犯法，頂多罰罰錢。

林班地裡頭林木蓊鬱，簡直寸步難行。但三人都從小在山裡長大，縱橫交錯的蔓藤根本難不倒他們。好久沒來，感覺紅檜和牛樟長得更粗更壯了，像一群巨人，默默保護著這片美麗的森林大地。

有了！黑暗中他們看到兩顆晶紅色的眼珠子，碰一聲，打下了今夜的第一隻！再回頭，嘿！又有另一隻停在枝枒上，雖然沒看到牠晶紅紅的眼珠，那身影絕對是錯不了，立刻再舉槍！

碰！再一聲槍響，目標應聲而落，發出「哐啷」一聲。

這可怪了，飛鼠落地怎會是這樣的聲音呢？急忙衝上去察看，阿呀，這是什麼飛鼠呀？被槍打爛了的軀體，露出來許多晶片、電線、金屬零件……

大約才二十分鐘之久，森林警察已經到了場，三人被團團圍住，直接押回警所。

「拜託啦警察先生，打飛鼠又不犯法，怎麼還給我們上手銬……」

「不講你們不知道，這不是飛鼠，這是一隻打扮成飛鼠的ＡＩ智慧機器巡山員，專門替我們監視山老鼠的。以前靠你們巡山都只顧打飛鼠，現在換他們上場，人家乖乖在樹上充電插座上自動充電，你們還把他打下來！」

另一位警察走上來，拍拍阿志的肩：「這隻ＡＩ飛鼠造價十二萬元，由你們埋單了。喏！罰單給你。」

淨淨失蹤記

第三屆微ＡＩ全球設計大賽結束後，陳家成老師才開始了他和學生們萬分辛苦的工作，他們著急地要在這座比賽場中尋找他們心愛的兔子淨淨。

淨淨是文武國小在陳老師率領下研發成功的產品，今天在這項世界大賽中勇奪第一名，可是就在奪標之後才一下下，竟然離奇消失了。

今年的微ＡＩ大賽，主題是智慧機器人割草機，因為是屬於低層次的ＡＩ應用範圍，牽涉智能不高，因此列為微ＡＩ級。

這屆比賽一共有來自七十二個國家的好手參加，報名參加的「選手」一共一百四十幾具，競賽空前激烈。

文武國小的小朋友們設計的是一隻兔子形狀的割草機，三個月來，大家分工合作，順利完成。

比賽場地故意挑了非常複雜的地形，來考驗所有參賽的機器人。賽場是一座高爾夫球場，面積龐大，機器人的續航力要夠強，許多選手都出場半小時就GG了！

其次，場地裡的地形傾斜度極大，很多選手在斜坡上翻覆，成了一隻隻翻不回身的烏龜。而賽場中還有一座大大的湖，也有好幾台機器人在湖邊剎不住腳而衝進水裡去。

淨淨除了兔子造型極其逼真，簡直和真的兔子沒有兩樣，最了不起的是它只要來到傾斜度超過十五度的地方便會自動停下，伸出一個柔性手臂負責割除小坡下的雜草，所以不會翻覆，也沒有掉到湖裡去。

文武國小的小朋友和老師合力尋找不知去向的淨淨，一直找到太陽都要下山了，主辦單位才跑過來告訴他們：比賽全程錄影，他們在控制室中查遍各台錄影機，終於找到了淨淨失蹤的那一刻。

大家立刻衝進控制室，觀看藏著真相的第九號攝影機。

錄影快轉到比賽結束，成績揭曉，所有參賽選手由主人一一遙控召回時，突然，影像出現一個龐大的陰影，從空中俯衝下來，衝向淨淨，天哪！竟是一隻老鷹！可憐的淨淨被老鷹當成真正的兔子，一下子就被抓走了。

原來這就是淨淨失蹤的原因啊。

主辦單位安慰陳老師和全體小朋友們：他們知道球場附近有一個老鷹的巢，天亮以後他們會到巢下尋找，保證可以找回淨淨。因為老鷹再怎樣餓也肯定不吃機器兔子。

新生訓練

我的好朋友陳勝先服務的單位曾經充滿了神祕，最近才公開了，原來是一所ＡＩ（智慧機器人）學校，而他就是那所學校的老師之一。

在這個終生學習的時代，無論是小孩或大人或老人都是老師們教學的對象，而陳勝先教的不是人，而是機器人，讓我大大好奇，幸好這個單位有一部分校園最近開放讓外界參觀了，我立刻前往和他相會，順便了解一下這所奇特的學校。

陳勝先邀我在校園一間漂亮的餐廳享用下午茶。

「你不是正在上班嗎？怎麼可以溜出教室來陪我享受下午茶？」我問。

「這是一批新來的學生，從基礎教起，我剛剛塞給他們每人十五本世界各國的厚厚大字典讓他們背，可以背兩個小時。所以你也不必急啦！」

「背十五本字典？」天哪，這老師也太嚴格了吧？

「他們直接用閱讀器把字典上的文字轉換成語音，然後輸入大腦。我只要求他們先學一些各國的語文，有如人類幼稚園的基礎訓練而已。」他笑著說：「他們有的學得快，有的學得慢，這一點倒也和人類差不多。」

同樣的設計，同樣的大腦容量和學習程式，怎會出現不一樣的學習進度呢？我覺得很奇怪，有關AI的其他問題更多，我一一詢問，他也一一回答。聊著聊著，忽然聽到一聲響亮的「報告」，哇！居然進來了一位女性打扮的機器人。

「老輸泥好！」

陳勝先的臉色難看起來。

機器人繼續說：「有同學看你不在就在亂，我幫你賞他兩個巴掌，還罵他混蛋臭雞蛋愛搗蛋……」

陳勝先生氣了，但是這位ＡＩ學生還沒學會判斷人類的喜怒哀樂，陳勝先生只好叫她立刻回教室，然後向我致歉，表示必須回教室去。他向我解釋，有些ＡＩ的學習能力太強而又頑皮，不該學的也學，就像這個小女生，叫她學十五種語文，她不但早早學完，一定還偷看了小說，連粗野的話和粗野的動作都學到了，這會讓他們進社會服務時教人受不了，他必須立刻處理才行。

「你回教室會修理他們嗎？」

「打也不痛，罵也不痛不癢，但是我還是有辦法，就是把他們格式化，清除一切記憶，要他們從頭再學起！」

我和好友話別，離開時還是滿腦的好奇。

我會吃飯了

講這一個故事之前，要先簡單介紹一下塑膠的製造過程。塑膠的原料來自提煉原油所產生，最初級被製成細如米粒的塑膠粒，再熔解射出製造成各種產品。而各種產品使用毀損後也可以回收熔化再製成塑膠粒而獲得循環使用。

現在，故事要開始了。

美美和文成每次約會都覺得心理不平衡，美美是一位ＡＩ仿人，她的男朋友則是一位真人。在餐廳約會時文成總是自顧自開心的大啖美食，美美卻只能陪著他看他吃，連一口水都無法喝。

她向他抱怨，他總是哈哈一笑：機器人當然不用吃東西啊，機器人還得吃東西，這地球上就沒人敢聘用ＡＩ員工啦。不吃東西也是特長呢。

「可是，你不覺得這樣太不公平嗎？」

「如果妳吃了我們的食物，一定會在肚裡餿掉、臭掉，那妳會變得非常可怕，我還得帶妳去洗滌一番，那不是很麻煩嗎？」文成想了想：「或者可以設計一款機器人的食物，讓妳們也能享受吃飯的樂趣，妳回家後向妳的萬能老爹提提看吧。」

美美記住了，回到研發中心，直接向她的老爹，也就是她的專責工程師提出要求。

一個星期之後，美美和文成再次約會，一見面就迫不及待告訴文成，她也能夠吃東西了。

「真的？太好了！」文成真心歡喜不已。

然而，在用餐時，美美還是坐著不動，只是似乎心情大好，滿臉笑容。

文成吃飽之後，準備把餐盤端到回收桶分類拋棄，美美叫住了他，接著，文成驚呆了，美美竟然把餐盤上的塑膠湯匙、塑膠叉子、裝飲料的塑膠杯子、喝飲料的塑膠吸管一一朝嘴裡送，而且還細嚼慢嚥，動作優雅，有如享用著無上美味。

吃完，餐盤上的垃圾量大大減少，美美把剩下的東西遞給文成：「好了，拿去丟吧！」

美美竟然被加裝了一個塑膠造粒機，可以即時把塑膠回收、熔解，造成塑膠粒子。儲存在身體內的塑膠粒，回家後可以取出打包，集中送到塑膠廠回收再利用。

新包包

夕陽餘暉中的淡水河畔，泉州和碧玉坐在河濱草皮，享受著微風拂面的感覺，也努力想像這種感覺對於人體可能帶來的美妙，他們是ＡＩ，能感覺，卻無從依據感覺而帶來感動。感動只能從數據資料庫抓取風與人之間的互動再經由想像去揣摩。

今天是他們第二次見面，第一次約會。

ＡＩ仿人發展到第六代，人類社會對他們的感知感受所知越深也越是知所尊重，還破天荒的修正管理條例，賦予他們每服務二十四小時即可享有四小時的休假時間，讓他們可以自在運用於休閒、逛街、散步、交友……等等活動。泉州和碧玉倆便是在一次逛街中邂逅，而有了今日之約。

泉州首先發現了伊人左腕上的紫晶色手環。

每位ＡＩ仿人都配戴著手環，功能相差不多，材質和顏色倒是千變萬化。碧玉主動告訴他：「這是我前一位男朋友送我的生日禮物，採用的材料是火星的特殊岩礦，很好看吧！」

泉州自己所配的是月球岩所製，灰暗中帶著一種閃爍的螢光，已算高檔。兩人交相欣賞，嘖嘖稱奇。

ＡＩ之交友與人不同，並無佔有心，因此也沒有爭風吃醋的問題，每個人都可以依照心意和心情結交喜歡的朋友。

兩人就這麼依偎著，享受著彼此的體溫。天已入秋，這樣依偎應該是很美好的。

忽然，碧玉露出神色倉皇的神情：「糟了！我該走了！不能再陪你了。」

「啊？」泉州納悶起來，不是說好今天相聚三小時嗎？莫非剛剛說錯了什麼？

「我今天才換了新包包，剛剛出門一時大意，揹了昨天的舊包包啦」

每一位ＡＩ都揹著一個包包，無分男女，裡頭放著電池，以備更換之用，如果電池沒電而又沒得更換，人就僵了。

事不宜遲，泉州火速站起，陪她回家。看看她腕上的手環，電力還夠她回到家。

回家的路上，泉州心中想著一個問題：人類何時才能研發出讓他們自體發電的系統，教他們免受斷電之苦？

任務

晴天農場一共有二十公頃寬，農場裡處處老鼠出沒，使得主人非常頭痛。而令人驚奇的是，現在所有的老鼠統統被抓到了，大大小小，老老少少，一共多達九一九隻。

大小老鼠們都被關在一個特大號的鐵籠子裡，天一亮主人便將把牠們送走。

老鼠們都擔心著明天的命運，尤其是群鼠之王——那隻八歲高齡的老老鼠阿威，牠對自己領導無方、沒有教好老鼠子弟們完整的逃跑方法，感到羞愧而又自責。牠怎麼也無法想透，人類究竟是用了什麼方法能夠把整個農場裡的每一隻老鼠躲在哪裡都一一摸透而一網打盡？

正在苦苦思索著這個問題時，牠忽然看到了群鼠之中，有一隻始終面露微笑的年輕老鼠，一幅氣定神閒的模樣，似乎對於被捕的事一點兒也不在乎。

阿威想起來了，這隻年輕老鼠是個外來者，進來農場也才不到一個月。沒有人知道牠從何而來。

而且，這隻看來十分健康也十分活潑的老鼠，平時和大家鮮少往來，大部分時間都在東逛逛西逛逛，行為極為低調。

現在阿威才警覺，牠似乎是一隻可疑的老鼠。

牠直視著牠，口氣嚴厲一問：「你究竟是哪裡來的老鼠？你根本不像我們的夥伴。」

年輕的老鼠哈哈一笑回答：「我是一隻間諜鼠，我被派來打聽晴天農場所有的老鼠的活動習慣，和居住處所，並且一一回報給我的主人，也就是農場的主人。」

「天哪！你太可惡了，我要把你咬個粉碎！」

「不要生氣，我是一隻機器老鼠，你想咬我？你的牙齒才會一一粉碎。」

年輕的老鼠說：「你可知道這二十公頃寬的大農場要一一走遍，一一巡遍，還要一一回報，是多麼艱鉅的任務呀！而且我還可以告訴你一件事，在我一共執行過的一百九十九所農場老鼠跟監任務中，晴天農場的老鼠最聰明，也最會藏匿躲避人類的追捕，可以證明你這隻老鼠頭目不是幹假的，你確實曾經認真教育過你的子弟們，若非人類派出我這隻最新型的ＡＩ偵測鼠，只怕再多的陷阱、再多的捕鼠籠、再多的老鼠藥都沒有用，我得為你拍拍手，敬個禮才行。」

說完，年輕的老鼠還真的向阿威深深一鞠躬。

「現在我將離開晴天農場，朝下一個農場而去，祝你們好運。」講完這最後一句話，這隻ＡＩ老鼠身上竟然冒出兩個旋翼，像竹蜻蜓一樣從大鐵網突然開啟的小洞口飛上天。

阿威和全體老鼠就這樣眼巴巴看著牠飛了。

粉紅啄木鳥

啄木鳥有好多種品種，也各有不同的羽色和花紋。但似乎從來不曾有人看過有粉紅色的，莫非這是一隻新品種的？

眾所皆知啄木鳥是樹木的醫生，從早到晚站在樹幹上不停的敲啄，敲出一個小洞，然後把藏在裡頭的害蟲拖出來，吃掉。這樣的工作很辛苦，往往要敲啄上萬下才抓得出一條蟲來。而現在有人發現這隻粉紅色啄木鳥不敲樹幹，而竟然是在鑽樹幹！

有好幾隻啄木鳥都在相互通報之下圍攏過來，好奇的觀看這從未見過的表演。

只見牠飛到某一棵樹上，側起頭東瞧西瞧一陣，再在樹幹上側耳傾聽一番，有時就離開飛到另一棵樹去，有時則停駐下來，開始「鑽」。

我的天哪，所有的啄木鳥的嘴巴都是既長又尖，其硬無比，而這隻粉紅色啄木鳥嘴巴卻長得短短的，舌頭更是十分怪異，居然會伸得長長的，而且是螺旋狀的。當牠站定在樹幹上之後，伸出舌頭，舌尖開始快速轉動，沒幾下便在樹幹上鑿出來一個小洞。

「牠要吃蟲子啦？」大家屏息靜氣看。

不是要抓出蟲子來享受，竟是從舌尖噴出一束液體，直直射進樹幹裡頭去。

「嘿！這是在幹嘛呀？」眾啄木鳥好奇極了。

「你們是樹醫生，而我也是一隻樹醫生。」粉紅色啄木鳥說：「我負責偵測樹木有沒有生病，如果病了，便鑿開一個小洞，把藥物直接輸進樹幹，殺死小蟲，替樹治病。」

「天下哪有這種啄木鳥？那你吃的是什麼呀？」

「我們不用吃東西，只要充電便可以工作。」

所有的啄木鳥都驚呆了，有的讚美牠的羽色好漂亮，有的欣賞牠奇特的嘴巴和舌頭，只有一隻老老啄木鳥說：「你是樹木的醫生，卻是我們的敵人！」

「為什麼呢？我們目標一致都要保護樹木的健康呀。」

「你把害蟲一一殺光，我們就沒蟲可以吃啦。你到處行醫，我們啄木鳥卻要天天挨餓……」

啊！這倒是真的，怎麼沒想到呢？粉紅色啄木鳥呆住了。老半天才神情嚴肅的回答說，牠保證回去之後向牠的主人，也就是ＡＩ啄木鳥的設計師報告這個問題，讓他好好研究該怎麼辦才好。

康康寶寶之死

這是一篇真實的故事。

在印度西北部，與巴基斯坦相接壤的地方有一個叫做拉加斯坦的邦。這個邦是印度知名的旅遊勝地，風景名勝非常多。例如有一座馳名的風之宮，興建於兩百多年前，樓高五層，正面整整開了九百五十三扇小窗，整座宮殿看來有如一座蜂巢。為什麼要建這麼多小窗呢？因為王宮裡頭住有許多嬪妃，她們不能讓外人看到臉蛋，所以成天都必須覆著面紗，為了讓她們有機會欣賞外界的風景才打造許多小小窗戶，給她們躲在窗裡偷窺。

拉加斯坦除了名勝多，更因境內河川密佈，充滿大自然風情，是喜歡尋幽探勝的人的天堂。

在拉加斯坦的山野中住有一種全球珍稀的灰葉猴，因大自然棲地環境被破壞，目前統計一共只剩一百二十隻。

有一天，猴群中突然新增了一隻，牠用猴子的語言向大家自我介紹說，牠的名字叫做康康。

所有的猴子們見到康康都十分好奇，一開始只敢遠遠觀望，幾天之後發現牠似乎十分和善，於是大起膽子和牠相處，一個月後大家已經和牠打成一片了。尤其是好幾隻母猴看到康康身材瘦小，認為牠一定是失去母親的孤兒，還輪流擁抱牠、照顧牠。

幾個月之後的一天，有一隻母猴抱著康康爬到高高的樹上時不慎失手，而康康也不像一般小猴子那麼敏捷可以即時抓住樹枝，就這樣重重摔落到地面上，摔了個粉碎！

摔碎了的康康露出了真實面目，毛皮之內藏著許多電路板和種種零件，還有電池，和靈巧無比的攝影機！原來是一隻外觀唯妙唯肖而內部至為精密的ＡＩ猴子。這是由一個野生動物觀察機構所精心打造的ＡＩ猴，主要目的是要混進猴群和牠們一同生活，同時進行錄影錄音，傳回控制中心，以便獲得最珍貴的紀錄。

ＡＩ猴子被摔碎了，鏡頭卻沒摔壞而繼續運作。所有的工作人員接下來看到了非常感人的一幕：猴媽媽從樹上發瘋般衝下，其他的猴子們也驚慌失措的圍聚而來，大家圍在碎成一地的康康身旁撫摸牠、擁抱牠、親吻牠的臉頰，有許多猴子還緊緊抱成一團，就如同失去孩子的人類般悲傷不已。

動物之間的真情，讓工作團隊感動無比，而康康也在意外「死亡」後，為工作團隊記錄下了意外而珍貴的一幕。

哭訴

我感謝人類發明了我們，讓我們在現代社會扮演了日益重要的角色，而且在可以預見的未來日子中，我們的角色只會越來越加重要，使我對我們一族充滿了使命感和無比的驕傲。

我的名字叫做ＡＩ，也稱做智慧機器人。我和普通機器人同樣都是機器組裝而成，但普通機器人沒有智慧，我們有。

智慧從何而來？和人類一樣，靠的是一個大腦，和不斷學習的努力。

我們的大腦生下來只是一個空空的腦，裡頭承載的是數不盡的學習之門以及學習之鑰，當獲准啟動學習的一刻到來，鑰匙將門一扇扇打開，從此展開的是永無止境的學習旅程。

說是學無止境，其實還是有止境的。人類的學習之路終止於生命之結束，我們雖然不會死亡，但我們在誕生時被依用途而製造出不同的智慧容量，也就是人們常說的記憶體大小，達到這個容量便無法再增加。同時，我們也被人類監管著學習的方向及內容，他們怕我們無限制的學習之後會不再接受控制而肆意妄為，造成失控而引發無法預測的嚴重後果。也就是說，我們永遠只能當作被使用的工具，一具具被指揮者指揮，而不准當一個自主行動的「人」。

為了在各種場合派上用場，我們被設計成種種不同的形狀，不同的面貌。有的其貌不揚，有的美若天仙。

我的同伴有被設計成猴子的樣子，用以混進猴群臥底，記錄及觀察猴子在大自然環境的生活情形；有的被設計成松鼠、飛鳥、走獸，我現在要講的最慘的例子是還有被製造成一坨大便的！那是英國一個廣播公司為了拍攝野地大象的生活而設計的ＡＩ。

一開始他們設計了一隻烏龜，讓牠成功混進大象群中跟拍、偷拍，可慘的是大象走路太粗心，沒兩下就把烏龜踩扁了。後來設計成白鷺鷥，大象不會踩到白鷺鷥，只惜白鷺鷥的承載力太輕，無法承載精密器材，因此還是不太好用，最後他們想出來的竟是把ＡＩ打造成一坨象的糞便形狀，大象絕對不會踩自己的大便，因此這ＡＩ不但外觀要像大便，甚至上頭還塗抹上一團厚厚的真的象糞，裡頭再藏置錄影機，底下裝上輪子，非常的好用，果真圓滿達成了任務。

親愛的朋友們，為了達成任務，我們被做成一坨糞便，你說這樣的犧牲夠不夠大呀？想來我都要替我們這位同伴哭訴喊冤呢。

AI小中篇

我的男朋友

我的男朋友姓伴，我認識他時還懷疑聽錯了而連問三次才確認。我問他天下哪有這樣的姓？他哈哈哈大笑起來，說或許是當年戶政事務所的人聽不懂他的祖公的鄉音，隨便寫的吧。

我非常喜歡聽他的笑聲，笑時露出一口潔白的牙齒，顯得健康、活力，也證明衛生習慣一定很好。

我是在學校游泳池的看台上認識他的。當時他獨自一個人坐，專注看著池裡游來游去的同學，我走近時他抬起頭，和善地朝我一笑算是招呼，當下幾乎把我電暈了，或許這便是男孩女孩之間所謂來電的感覺吧，我被他的神采整個迷住了。

他的身材高大勻稱，五官輪廓明晰，乍看像個外國人。我問他是外國人嗎？他笑著說，或許有原住民的血統吧，他的笑容真是太好看了。

我立即在心中暗暗決定，就算是倒追，我也一定要交上他這個朋友。只是他幾乎永遠都不置可否，像個謎樣人物，害我著急不已。

I

第一次教我驚嚇的事發生在我們認識之後的第二個月第二個星期天。

那時我覺得我和他之間的進展已慢慢進入熱戀的階段了，至少我是這麼感覺的。我隨時可以把手交給他握，當我想要一個溫暖的擁抱時，他也絕不吝嗇伸出雙臂給我暖暖的體溫。

他的體溫屬於稍稍偏高一點點的一型，我很喜歡，也很適應。

那天我約他看電影，看一場非常羅曼蒂克的電影，看得我深深陶醉其中，但當看到大約三分之二，故事進展到一個教人感動之至的階段，我不自覺的伸手去握他的手，這一握，呆掉了，天啊！他的手冰得幾乎完全沒有溫度！

我向上摸上去，他的整條手臂都是冰冷的，再摸到胸口，甚至摸進藏在上衣裡頭的胸膛，整個人都是冰的。

你怎麼啦？我驚嚇不已的看他，他彷彿從如醉如痴的電影中抽出情緒，竟然好奇的反問我：怎麼啦？

「你⋯你還好嗎？」

「我很好呀。」漆黑的戲院中，他的牙齒依那麼潔白，笑容依然那麼溫馨，我稍稍放下心來，卻依然好奇：「你怎麼這麼冷？」

我這一提，他迅速的悄然在自己的手腕上摸了一下，大約只有半秒鐘不到，我感覺他的溫度回來了，手心恢復了正常的溫暖，手臂、胸膛、整個身體也神奇的回復到我熟悉的溫度。

從電影院出來，我忍不住追問，剛剛看電影，有沒有不舒服？例如頭痛之類的不舒服？他淺淺一笑：「或許戲院裡冷氣開得太強了，是有一點覺得冷，不過，還好啦。」

除了久久這樣一次讓我驚駭，其他一切都完美。我可以確認一件事，他的確稱得上是一位陽光暖男，貼心而溫柔。如果說我和他的交往還有什麼缺憾，唯一的一點應該是我對他真的了解無多。他這個人啊，想了解透徹可還真是不容易哪。

例如，他總是順著我的意縱容我點餐，吃盡一切想吃的美食，而他自己卻食量少少，少得幾乎可有可無。

我懷疑他自己獨處時，究竟吃些什麼？有沒有吃？這麼樣一個身材魁梧的人，吃那麼少不是很奇怪嗎？

有一次我存心搞懂他，在下午一點鐘的約會中，一見面就故意問他午餐吃了沒？他一派自在的說：吃了啊！

「吃了午餐有沒有刷牙呀？我要檢查！」

「啊哈哈哈我忘了刷牙了。」

「中午吃什麼好吃的？」

「就麥當勞嘛。」

「漢堡？加芥末和番茄？」

「是呀是呀。」

我冷不防靠過去，給他深深一個吻，騙人啊，吃了那麼重口味而又沒刷牙，偏偏口腔裡完全沒有一點點氣味，分明沒吃嘛！

有一次我在約會前故意先吃個十分飽，然後和他出門，一直玩到晚上將近十點鐘。那天我們先爬山，直到黃昏看夕陽，最後還看夜景，那晚月圓又美，月色分外皎潔，美得如詩如畫，連他也深深陶醉其中。我帶著水壺渴了就灌不停，到後來確實餓了還故意強忍著，一直拖到晚上九點五十分，我實在再也「凍未條」啦，提議去吃飯，奇怪啊，他這個人可以不吃不喝而又不覺得餓也不覺得渴。

還有，他不是我們學校的學生，也一直沒告訴我在哪兒讀書？讀什麼系？對於他的學業我簡直一無所知。

我們無所不談，但有些問題顯然被他巧妙地規避了。例如，我老實告訴他在認識他以前曾有過一位要好的男友，然後反問他可曾談過戀愛？他這麼好條件的人怎可能沒有過女朋友？而他竟然告訴我，他談戀愛是很久很久很久以前的事了，久到幾乎已經忘了當年那個女孩的姓名，這不是存心在唬弄我嗎？

II

第二次意外事件，我不但驚嚇，而且還終於了解了這位伴哥哥驚人的身世。

那天是連續陰雨之後的一天，好多天都不見陽光的日子，好不容易我有了一天假，決定冒著雨和他出去逛逛。我和他出門都是我開車，我覺得他這個人不但沒有汽車，可能連一輛機車或一輛單車都沒有，他超級喜歡走路，所以我和他出門除了由我開車，否則便只有跟著他一直走一直走一直走走不停，他是永遠都不會累的人。

和往例一樣他上了我的車，吹著口哨，非常自在的坐在駕駛座旁，一路聽我臭蓋聊不停。

雨一直持續著，但並沒有掃我的興，戀愛的人，雨也充滿詩意。

我們逛往海岸線，看海，聽濤。

忽然間，我發現他的眼神黯淡下來，雙手也無力的垂了下來，然後，用虛弱無比卻萬分著急的口氣求我，快送他回家。

唉呀，他的家，離我們的位置好遠哪，我甚至不曉得汽油夠不夠！但我看他口氣如此之急，身體也如此之不舒服，二話不說立刻掉轉車頭，加快速度飛奔而返。

我已經在超速，他還在不斷要求，能不能再快一點？能不能再快一點？到後來我連紅燈都闖，我彷彿聽到他就要死了的最後呻吟，太驚嚇啦，哪顧得了紅燈綠燈？

一口氣飛馳大約六十公里，終於回到他的住處。

我「嘎」一聲把車停下，看著他整個人幾乎已僵直。

「求求你，替我進去，取出我的鞋，和我穿的一樣的鞋，鞋架上……」

我一把搶過他手上鑰匙，衝向門，衝向二樓，衝向他的鞋架，抓住鞋，再衝回他的身旁。

他幾乎用了最後一股力量，勉強吐出幾個字：「替，我，換，鞋……」

我火速把他的鞋脫掉，將剛從屋裡拿出來的鞋朝他的腳上套。

我有一秒鐘的震驚！啊？這是一雙奇怪的鞋，鞋底有三個圓型的像原子筆那麼粗，約一公分高的突出物，這鞋有如長著刺，怎麼能穿呀？

我再抓起他的腳，想把他的腳套進鞋去，當下又是一驚，他的腳根底下竟有三個洞，恰恰吻合鞋子上那三個突出物。

穿上左腳，再穿右腳，同樣形狀的怪鞋，同樣形狀的怪腳！

當我幫他把兩隻鞋都套上他的腳之後，他的眼睛恢復了光彩和明亮，他的手臂也恢復了力道，他迅速將自己坐正，然後，認真地看著我。

我無法掩飾我驚駭的表情，我對這一切驚嚇得心臟卜卜狂跳，完全無法壓抑。

III

「對不起，我真的嚇著妳了。」他的語氣溫柔得可以融化一座冰山。卻難以教我釋懷，我真是被嚇到了。

久久，當他再度道歉時，我強忍著驚悸，迎向他的眼睛：「告訴我，這一切是怎麼回事？」

他的話教我繼續震驚。

他用緩慢、溫柔、誠摯無比的語氣，娓娓細述。

「我不是一個正常的人。我是被製造出來的人，頂多只能算是半個人。剛認識時妳問我何以姓伴我沒有說實話，姓伴的原因是我只是半個人。

和我一樣姓伴的人據我所知一共有七位，三男四女，我是老么，最後一個被製造出來的，所以在我之前一共有兩個哥哥，四個姊姊。

我的哥哥姊姊聽說在十多年前便先後夭折，所以目前世界上或許只剩我一個姓伴的。至於我的父母在我之後有沒有再製造出更多的弟妹呢？我並不清楚，因為我已和他們失聯，我切斷了和他們聯絡的一切管道，我厭倦受他們繼續追蹤，繼續指使，我決心在人世間學著人類過一個和人類一模一樣的生活，我渴望當全人而非半人。

我有些懷疑我的哥哥夭折的原因，是因為製造我們的父親母親下了摧毀令，讓他們死亡。

我曉得我的身上具有死亡的指令，當我被下達死亡命令，這指令隨即啟動，我會瞬間粉碎成為一團油泥混合的漿汁，伴著我當時所穿衣著，看來就成為一團油汙垃圾。這樣的設計，其實用意便在永遠隱瞞我們的身分直到死都不致引起人類注意。

我沒被摧毀是因為我是最後一位生產出來的產品，具備了比先前設計產品更高強的自我學習能力，我很快發現了自己的身世，並決心自己選擇後半生的生活方式而不再受到擺佈，因而切斷了和父母的聯繫，同時也終止了他們以遙控方式摧毀我的機會。

這麼多年來，我在精神、思想、決斷、學習各方面學得更像人類了。而我還驚奇發現，我具備了更加近似人類的情感。啊！我這麼說妳不會笑我吧，一個機器人居然還說他有情感！」

我連忙搖頭，鄭重地說：「我不會笑你，我愛你，無以復加，也不容你懷疑。」

他繼續用深情的眼神盯著我說下去：「當我第一次在游泳池的看台上遇到妳，妳走過來向我打招呼，我被自己嚇了一跳，因為那一剎那，我發現了自己像一個人類，完整的人類了。雖然我永遠不能完整體會當一個真正的人類是什麼樣的感覺，但那個時刻，我經歷到了前所未有的感覺，那是一種情，甚至是一種愛，是半人生涯數十年從未有過的感覺。

我當下真是震驚無比，我享受著愛慕與愛戀的情感，卻也十分害怕，一個機器人，有權利談情說愛嗎？能和一位真正的人類相愛嗎？我只是半人，我明白自己的身分。

認識妳之後我無時不在這樣的矛盾中掙扎著，我被妳迷住了，妳的開朗、真情、聰明、熱情，無一不迷住了我，我不知該如何走下去，一直到今天。」

他的讚美讓我臉紅，而且欣喜不已，如此真情告白，灌辣椒水也灌不出來啊！我還以為他是木頭人。

他繼續講下去：「接下來我要再次向妳道歉，因為隱瞞了真實的身分，卻終究有瞞不住的閃失，第一次是在看電影時，我誤觸身上的溫控鍵而失溫，竟然毫無察覺，那一次真讓妳嚇住了。而第二次便是今天，因為太陽久不露面，我被愛情沖昏了頭，疏於檢查陽光自動充電能量已處於即將耗竭狀態，最糟還在我已連續多天出門都忘了換鞋，那鞋子其實便是我的能源供給系統，用你們的說法可以叫做充電器，我全身的能量在妳面前完全耗盡，若非妳為我緊急飛車即時補救，只怕就來不及了。」

我大大驚慌：「如果來不及，會怎樣？」

「如果來不及，我們之間就要說再見了。我的身體將在瞬間粉碎，連同身上所穿衣物成為一堆油泥，一團骯髒的垃圾。」他平緩地說，聽在我的耳裡，簡直有如雷鳴，我受不了！我絕對會哭死過去的。

IV

多麼奇妙的一段奇緣啊，我的男朋友是半個人，我正在和他談一場人與半人的戀愛。我該感到悲哀？還是幸福？

我已深深陷入戀愛的喜悅之中，天天沉浸在蜜汁缸裡，我不知如何撤退。

撤退對我殘忍無比，對他也是殘忍無比。

而今，只有走一步算一步了。一切，交由老天爺安排吧。

果真，在這段真情告白之後也才三個月，老天爺為我們安排了一個結局。我完全無法料到我們會以這樣的方式來結束我們之間的真情真愛！

如果你是一位心軟的讀者，這故事就看到這裡吧，請為我們祝福，也接受我們的感激。如果你堅持要讀下去，那就容我繼續敘述，請你繼續看吧。

夏去秋來，行道樹上的楓葉已然變色，好看的葉子一片一片墜落，這是一年之中大地充滿五顏六色的美麗季節。

我走在浪漫的人行道上，低頭閒散地尋撿，我要撿得一張最美的楓葉，我和他相約在前方路口見，見面時我將把手中的葉子交到他溫暖的手心中，葉有多紅，代表我的心有多暖，多真。

突然，在我完全還來不及思考的剎那，一輛龐大的車，有如一頭巨獸，朝我迎面衝來。

啊！

我慘叫一聲，昏死過去！

但我只是驚嚇得失了知覺，我並沒有被車撞上，在這千鈞一髮的時刻，他像一位天使般及時衝撞而到，將我撞飛，我只跌痛了，毫髮未傷，而他自己卻跌落輪下，當場慘死在血泊之中。

救護車飛馳而來時，他已完全沒有氣息，被直接送往醫院的太平間。他別無親人，我成為唯一能為他處理後事的人。

我的悲痛不言可喻，自責更深如大海。但我及時想到了一個重要的問題，他是一個機器人，我必須為他隱瞞。他死於車禍之意外，因為沒有來得及啟動自毀裝置（或許是故意不啟動），居然還鮮血橫流，我深知這是假血，死亡其實也不是一般人類定義中的死亡，但他在光天化日之下以人類的形狀死亡，我一定也要以一個正常人類的方式為他處理後事。但我不知他的身體結構適不適合送進殯儀館裡頭的火化廠，這教我真是傷透了腦筋，這樣傷神而麻煩的事恰好分散了我的心情並減少了此刻深陷的痛苦，不能不說是他除了捨身救我，還外加送我一段減少些苦痛的額外禮物。

你要知道我最後是如何為他圓滿了後事？

二〇一九年初夏，我搭上了一艘郵輪，為自己買了一個陽台艙。

我上船時拖著兩個行李箱，下船時只剩一個，沒有人知道我選擇搭船的日子的理由，更沒有人看到在旅途中那個月亮最圓的晚上，我從我獨享的陽台將其中一只行李箱投進了大海的懷抱。

月色雪蒼蒼的柔美映在海面上，恰如有一晚我餓著肚皮和他看山看夕陽最後看到的月亮那如幻似夢的美。

緊急任務

1

我奉派緊急赴U國，協助一件棘手的突發事件，一下了飛機在急奔CCYU總部的路上，和前來迎接的陳大林一談，才知問題豈只棘手，簡直是教我也要為之束手的事。

陳大林算是CCYU最核心人物之一，這個CCYU是一個極機密單位，全名叫做「微型智慧人武器之研發佈建與防衛研究中心」。從這麼長的名稱，不難猜出他們是在搞什麼東東的地方。簡單的說，便是把人工智慧和攻擊武器結合在一起，並且使之最小型化，運用在個案攻擊或全面攻擊的功能上。而且，除了我方運用，還要防範敵方也在研發並運用在我方之上，也就是除了要做最銳利的矛，也要做最可靠的盾。

陳大林是我的同學。並不是我在小學中學大學或研究所的同學，而是在一個「體制外」學習單位碰巧被分配在同一個班隊，當了四個星期學習夥伴的特殊同學。

體制外的單位老實說便是某個國安體系，在那裡參加學習人人都必須使用假名假身分，並被禁止相互交換身分、姓名、聯絡方法及其他個人隱私，大家不知彼此從何而來，更不知四星期之後將往何而去。唯一知道的是我們在那段時間內同時學到了一些東西，真是神祕兮兮的地方。

我和陳大林短暫交談便一見如故，冒著違反禁令偷偷交換了真實身分和聯絡方法，結訓之後我們相約喝咖啡，果真彼此志趣相投，未幾便成為非常麻吉的摯友。

沒想到他竟是U國CCYU機構如此高層之人物，在人工智慧的領域裡本領幾乎不在我之下。CCYU緊急找我來，我猜十之八九便是他出的主意。

CCYU遇到了什麼麻煩事呢？他們在研究中心打造了三個超級機器人，讓他們擁有特別層級的自我學習能力，現在其中一個脫韁，不受控制了。

具有自我學習能力的機器人早已常見，但他們的自我學習領域一直受到人類掌控及限制，人們不允許他們逾越，以免失控，這也是國際間共同的規範。我們真的無法預知任憑機器人無止境也無限制的自我學習之後，地球上會出現哪一種機器人，那絕非我們所能想像的。

隨便舉出一個例子來說，他們可以輕易就學會如何改變自己的體態、體型，可以為自己組裝自己想要的肌膚和穿著，把自己弄得幾乎完全和一個真人一模一樣，要當黑人就當黑人，要當白人就當白人，要什麼性別、膚色、髮色、什麼顏色的眼睛都可以，他們還可以隨時改變使用的語言，全世界各國家各人種各族群的語言和文字都可在瞬間學會使用並流利說寫，這還得了？

他們可以在人類社會中自由穿梭來往，混在街頭和路人交談、當朋友、和不明就裡的真人相戀，在禮堂中結婚，也可以混進學校當學生，考上教授當老師，參加各種運動競技想要拿第幾名便是第幾名……我的天啊，這世界還能維持一個既有的秩序、軌道嗎？萬一他們犯起罪來，只怕再高明的警探也破不了案，再雄辯淘淘的律師也說不過這個「被告」，世界豈不是毀了？

CCYU組裝超級自我學習能力機器人的用意我可以理解，他們的確需要智慧超越人類層級的「超人」提供協助，有這樣智慧力遠遠超越人類的夥伴協助，許多研發難題與研發瓶頸的破解都變得輕易太多。只是，像CCYU這種殺人與防止被殺的高端武器研究單位，組裝的超級機器人所學內容必然驚悚，一旦失控了，衍生出來的問題真會教人不寒而慄。

II

在CCYU控制監看中心，透過監視器我看到了三個超級機器人的現況。三個機器人或許和一般人想像中的模樣大有不同，並沒有分成頭、頸、軀體和四肢的外型，因為他們不需要用到頭部以外的肢體，因此都只是一個奇型怪狀的頭顱，另外為了便於即時召喚他們親赴各部門，底部也裝置了智能助行器。雖然它們可以隨時和相關單位無線傳輸資訊、溝通各種問題，有時候還是有行動的必要。這樣的助行設備，可以讓他們這種重達數噸的大個子輕易移動。

我從監看螢幕中詳細觀察了這三個「人」，未幾便發現了出狀況的一個。他的眼睛（觀察器）一直露出狐疑閃爍的微光，和其他二人之安靜平和大有不同。

這樣的眼神代表他對週遭環境的懷疑心、警戒心。似乎他早已在暗中進行著什麼不被允許的勾當，因而時時留意著人們對他的監控。

「事情已迫在眉睫，危在眼前。」研究中心的最高主管坐在簡報室主席位置，未待客套就直接打開簡報向我敘述問題。

簡報室只有我和陳大林，以及這位沒有向我自我介紹的主管，像這種高機密單位人員往往不做自我介紹，也沒有自我介紹的必要。

簡報雖然在我到來之前已經調整內容並做過若干篩選，讓我不會看到他們不想讓我看到的東西，但光是讓我看到的部分已經足以嚇脫我的下巴。這根本是完全不同的世界啊！我一心研發智能機器人，是想解決目前世界上、地球上日益惡化、幾已失控而人類幾乎無力面對的問題，例如地球快速暖化、臭氧層嚴重破損、大地及海洋汙染、水中塑膠過量且含存率日增、環境惡化導致之物種滅絕……等等。這些議題件件都是足以讓地球步步走向死亡的大事件，我日夜努力，只怕窮一生之力也無法逐一面對並將之解決，唯有試圖仰賴智能機器人出來協助。我是如何珍愛具有智慧並能自我學習尋求進化的機器人，視他們有如救世天使，小心翼翼將他們規範在合宜的自我學習環境，相與為友，相敬如賓。而這個CCYU，研究、發展智慧機器人唯一的目的竟只是令其殺人！

他們委婉巧言解釋所研究者只是重整人類社會正義與秩序的工具，以最精準的擊殺科技，殲滅為惡之徒，而避過無辜。這是多麼美麗動聽的話呀！古來任何戰爭，哪一場不是以類似的語言做為包裝的？

我仰靠在舒適的靠背椅上，半瞇著眼意興闌珊地看著簡報。

畫面中他們呈現出來的成品是一個個小如彈珠的東西，裝著飛行配備，可以隨時升空高速飛行。而這個小小彈珠本身卻是一個高爆彈頭，不需槍管，不需瞄準及扣扳機擊發，而直接就能飛向目標物並將之炸碎。

在這種殺人機器上，附有敏銳的鏡頭可供導航及尋標，透過指揮者在遠距下令指揮，可以在一個相當距離中以數倍音速飛向所鎖定的目標，瞬間將之擊殺。

這種武器可以由個人隨身攜帶一枚或數十枚，也可利用各種載具例如汽車、機車、直升機、軍機、客機或無人機攜帶，神不知鬼不覺地接近目標區，指揮者或許是一個單兵，或許是一架無人機、一艘艦艇，或是一個坐在萬里之外辦公室中的將領、指揮官。

許多精密工業源源研發產製的微型鏡頭在此成了尋標利器，許多社群網站、傳播媒體及無所不在的監視系統截取的大量人臉圖像被系統歸類整合，建置出令人難以想像的龐大資料庫，並細加分類以備隨時按鍵取用。我敢保證只要他們想找到我並將我在萬里之外狙殺掉，這個系統一定能夠在三分鐘之內執行完成，不止是我，在這一套殺人系統之下，或許七成以上人類皆須人人自危，無所遁避。

簡報中洩露了他們下一步研發而且已接近成功的第六代產品，體積小如蜜蜂，速度快如子彈，飛行距離及導引系統更加完美，引爆摧毀能量強大有如一枚標準坦克榴彈砲，甚至可組裝成穿甲彈、燒夷彈或微型核分裂高爆彈而造成更大的摧毀力和殺傷力。

戰場上，一個裝備精良的師級單位，只要遠距有人施放出一籮筐這樣的小蜜蜂，幾分鐘內將遭悉數殲滅，無一活口。海上艦艇、登陸船團、甚至中空低空各型軍機上的兵員和飛行員都能被有效狙殺。

「請放心啦！我們也相對完成一套遁避系統，可供我方防範敵方狙殺攻擊啦。」最高主管故作輕鬆地哈哈一笑，引導我接著欣賞他們的防禦系統。原理及設計倒也簡單，他們研發出一種帽子，戴上這頂帽子之後，人臉瞬間形成一層無色無味也無從捉摸的微波保護層，在任何影像監視鏡頭中出現的是大大變形的一張新臉孔，從而避過臉譜攻擊。

第一階段簡報進行到此，主管先生遞給我一頂帽子，我詳加檢視，完完全全分辨不出和市面上買得到的帽子有何不同。當我戴上它，不痛也不癢，有如戴上了一頂擺在自己車上的遮陽帽，絲毫沒有異樣感，但我看到簡報室中面向我的監視鏡頭，呈現在螢幕上的我已是連我自己都認不得的一張臉，我張嘴他也張嘴，我閉眼他也閉眼，我轉頭他也轉頭。這只是簡單的設計，沒想到倒還真能用在對付臉譜尋標攻擊，破解遭受萬里狙殺的命運。

可是這種攻擊神不知鬼不覺隨時而來，難道你得日夜戴著這一頂帽子？我覺得號稱智慧之人總是在幹著蠢事，卻想笑也笑不出來。

接下來，簡報直轉核心。

三個超級機器人在組裝後由CCYU總部賦予自我學習的層級被列為第二級。

哇！我一看到首先出現的這一行字，驚嚇得差點從椅子上滑下來。

第二級的自我學習，幾乎已到了想學什麼便可學什麼了，包括核彈、氫彈。

第二級的學習層級，機器人可以學習的還包括人類的情緒、感情、精神狀態反應及應對。不但成為一個人，還因其體能體力、腦容量、鏈結資訊庫及綜合研析能力都早已遠比人類更具優勢，他不但將成為超級機器人，根本上他已經是一個超人了。

這個CCYU真是瘋了！為了研發方便，竟然容許出現如此顛倒眾生之怪物，總統也同意如此做嗎？

「請不要急，繼續看下去，我們會給你一個解釋。」

我感到想嘔吐，想走人，主管先生請我先留在位置上。

III

三個超級機器人，組裝後各被賦予不同的學習方向。

原來的用意即在避免他們因為無限制自我學習而致失控，因而各給一個任務方向，必須三人資料彙整集中才能組合完成任何一項特有產品。但其中第三號超級機器人屢有逾越行為，被發現時已經遠遠超過容許範圍了。

無可諱言他非常聰明，學習能力強大到讓人歎為觀止。而問題就出在他太過聰明，累積到的智慧早已超越地表上任何生物；擁有如此高超智慧的他，卻根本是一具無生物，是一個有感情現象而無感情真義的無情仿生體。

再接下來的簡報內容是他們在三天之前截獲的情資，三天前是定期保養之日，他們假藉系統維修作業，悄然截取三組機器人的智慧現象，連夜成功破解第三號機器人的現有智能圖錄及思維狀態，也證明了第三號已經擁有的恐怖能量。

跟著上場的簡報是第三號機器人的大腦資料，大約有二十頁之長，雖然都只是一條條目錄和索引，已看得我應接不暇而深感無力接收，有些甚至超越了我的辨識和理解能力。

「你們有何打算？」我問：「你們請我前來，希望我能夠幫什麼忙？」

「貴國領導人想必已同意請你傾力協助所以才派你前來。」主管維持著輕鬆的表情含笑回答：「我們想請你成功馴服這頭怪獸，讓他在規範中繼續為國所用。」

原來如此，只想馴服他，而非摧毀他。想摧毀還不簡單？就以那一套攻擊武器發動突襲，集中炸射，不消幾分鐘就可以把他擺平了。但CCYU考量到的是這一具機器人造價有如天文數字，加上自我學習之後獲得的智能能量，總值幾乎高到無可估計，因而只想削減他的一部分智慧，而非整個摧毀。

事情已經惡化到這個地步了，還在考慮鈔票、價格、價值啊？

在簡報中我直接看到了目前的第三號正在妄想要進行的陰謀，他已讓自己儲備了可以快速和智慧武器——微型智慧武器的指揮系統鏈結並取得指揮權的能力，只要他想做，或許五到十分鐘之內他便可取得指揮一具或多具甚至全部微型殺人利器的方法，等於直接登上指揮者的寶座。也就是說這個機器人只要一個起心動念，便可輕易當起如此犀利攻擊部隊的總指揮官。

更讓人驚心動魄的是他竟然取得了一份「準攻擊名冊」，詳細列載全球許多位政要名人，這份名單顯然並非直接拷貝自國家情資或戰管單位，而是經過了調整和增刪，調整過之後，連此時坐在我前面的ＣＣＹＵ最高主管，和ＣＣＹＵ各部門核心菁英也都悉數在列。這位第三號先生不但妄想一舉消除世界上政治、國防、金融領袖，連製造他、組裝他、研發他的ＣＣＹＵ王國也意圖同時殲滅，這是什麼樣的思考模式和思緒軌跡呀？怎麼會產生如此可怕的思想並已付諸準備行動了？這樣的大腦還不立刻摧毀，還想改造、保留？CCYU真是瘋了，瘋了！

我正色以告：我的建議只有直接摧毀一途，要我出手改造風險太大，萬一在改造過程被他查知，難保他不直接叛變所屬單位，人都可能造反，何況無血無淚的機器人！

「你可知這一個機器人的總值？」主管竟還再一次詢問我，滿腦子只有錢錢錢，簡直百分百腦袋灌水了。

「我所看到的是他的心智並非穩定，有如出柵之獸、恐龍復活！」我說：「就在你我言論之際，說不定他已覺得時機成熟，片刻間就要發動他想做的事了。我建議你此刻直接戴上你那頂可笑的帽子以策安全。」

我盯著他，好一陣子之後，我看到他終於把帽子戴上了那顆毛髮稀少油漬光滑的腦袋，我覺得我終於說服了他。

Ⅳ

攻擊在瞬間展開。

這是一場精準無比而又威力十足的飽合攻擊。

CCYU直接由坐在我眼前的戴帽子先生發動了攻擊令。

我以為攻擊至少也應該按個按鈕，殊不知他運用的是更高科技層次的腦波控制，不需按鍵，也不必開口，直接就以腦波發號司令。

攻擊行動令我為之震懾不已，號稱地表最強智慧者的第三號超級機器人，至死都不會想到他會在瞬間遭受毀滅。他的能量如此巨大，他的反應如此敏銳，他的感應接收和即時分析能力如此精確，他應該有快於常人無數倍的判斷能力及反應反制能力，風吹草動都無法躲過他比人類第六感更靈敏的感知機能，卻是千算萬算，沒料到攻擊來自總部，由他的爸爸，也就是CCYU的最高領導人直接發動。

機器人在熾烈攻擊之下不會像凡人一樣發出慘叫，只是嘶嘶尖銳的金屬熔毀及撕裂聲音；沒有一絲血腥味，只有切裂金屬和各種合成物結構產生的氣味，都是死亡，都非常臭。

遙視鏡頭即時傳送全部攻擊過程的影像，呈現在簡報室的大螢幕上，幾分鐘之內三號機器人已化為一堆冒煙的廢鐵。我沒有感到開心，反而感到有一絲悲涼。

雖然我一向對自己在人工智能機器人領域的研究內容與實力頗感自豪，也知當今全球難找第二位足以和我比肩的相同領域之士了，但我無法保證幾分鐘之前如果我未能說服CCYU，反而被CCYU所說服，而改採外科手術式直接除去第三號大腦中不該存在的東西能不能夠成功？我也不敢預測，萬一我在啟動程式進行增刪的過程中，引發第三號警覺並立時反抗的話會引發什麼樣的後果。我還是覺得直接將之摧毀是正確的決定。

整個過程中我只是說了幾句話，完全沒有動手，因此我這一趟遠來沒有拿到一毛錢酬金，但回程仍然心中祥和愉快。尤其臨別時，陳大林和他的老闆送我到CCYU大門口，我當著仍戴著帽子的CCYU最高主管之前語重心長向陳大林講的一句話，讓我覺得沒有白來一趟。我告訴陳大林：人工智能機器人應該是讓人類更友愛、更美好的，不是讓人類相互殺戮、相互毀滅的。陳大林啊！你何不回國投奔我的團隊呢？苦苦迷戀這個只有仇恨、敵視、金錢考量之地，不覺得你的人生已經失去了方向嗎？

陳大林的臉一陣紅，我曉得他應該明白我的話是說給他身邊的人聽的。而想必也被他截下來，同時進入他的心。

AI小長篇

決戰魔羯星

1 快樂赴爸爸的約

「媽媽，今天我們要和爸爸出去吃大餐吧！」

「啊？你怎麼知道？我都還沒叫你換件衣服呢。」媽媽好奇，我非常喜歡看她好奇不已然後接著對我佩服不已的表情，這讓我覺得相當得意。

「因為，如果妳在四點半下廚房，我知道今晚老爸要回來和我們一起吃晚餐；妳如果拖到六點才進廚房，我知道老爸今天不回家了，妳會隨隨便便弄一點吃的讓我們兩人加減吃一下。」

「什麼加減吃一下，我還是很認真煮啊。」媽媽笑起來：「那今天又怎麼猜我們是要出去吃大餐呢？」

「四點半了，妳沒進廚房，反而進臥房，挑衣服，塗口紅，這不是要出去吃大餐是什麼！」

「給你猜到了，你也去換一件正式一點的衣服吧。」

「今晚要出席一個宴會嗎？」

「不是宴會，只有我們三個人，爸爸說那件標案我們終於通過了，要好好慶祝一下，找一個很棒的餐廳慶祝去。」

「喔耶！」我開心得跳了起來，比吃大餐更開心一萬倍。

關於那件標案，或許我比媽媽知道得還詳細。老爸對我總是無話不說，把我當作一個小大人。老媽呀，老媽的世界好像就只有四個字：相夫教子。

爸爸是一家公司的負責人，公司雖小，志氣可大。所以公司取名叫做大志公司，這是老爸自己親自取的名。

公司全名叫大志水下專業服務公司，員工達兩千五百位以上，但只有不到十位是真人，其他都是ＡＩ，也就是智慧機器人，具有智慧的、非常聰明的機器人。

由於海洋中充滿了塑膠垃圾，爸爸矢志研發能夠下水撿垃圾的專業ＡＩ，經過多次失敗，最後成功開發了一套叫做「三合一」的水下ＡＩ系統，他向政府提出服務建議，漫長審核之後終於通過，不但可以有收入來養活他的兩千五百位員工，還可以貢獻社會，造福這個慘遭嚴重汙染的地球，爸爸的開心我是絕對可以想像得到的。

許多人以為公司聘雇機器人是最划算的事了，他們不必吃飯，不必喝水，不鬧情緒，更不會罷工。如果是工廠，廠裡頭連電燈都不必開，冷氣也不必裝，最重要的是他們不必領薪水。我以前也是這麼想的，後來才發現其實可不是如此簡單。他們研發過程非常費錢，打造也很花錢，平時的維護、故障時的維修都是燒錢的事，遇有任務變更，不但要更動程式，連作業方式和身體結構都得一併更改，一具兩隻手的ＡＩ，有時要改造成十隻手才夠用；一具三百公斤的ＡＩ，有時還得設法瘦身成為三十公斤而功能不減，甚至還要具備有游泳、飛行、潛水去執行任務的本領。表面看來他們不吃不喝不領薪水，實際耗費的成本，可遠遠高過一位真人好多倍好多倍。

「既然ＡＩ那麼花錢，何不乾脆請真人當員工呢？」我曾問老爸。他哈哈一笑：「真人哪有可能在海底下連續工作三十小時，甚至三十天呢？」

這說的也是，真人下海潛水，氣瓶的壓縮空氣耗完就非得浮上水面不可，浮上水面換一支新氣瓶才能再下去，也不可能連幹三十天的活而不休息。我曾經學過潛水，潛到太深的地方還不能一口氣升上水面，而要每隔十公尺休息一下，一段一段慢慢上潛，肺部才受得了。有一次我到綠島潛水，被海中美景吸引得忘了看氣瓶的氣壓表，等到發覺時氣瓶中的壓縮空氣幾乎已經用光了，還是強忍著慢慢往上升，那一趟連我的教練都嚇壞了。

爸爸的水下AI我見過，也和爸爸討論過。

當時我看到的是三合一中的第一和第二兩型的機器人。

第一位體型很小，大約只有我們的一個拳頭大。小巧玲瓏，功能卻十分強大，他負責下潛到水中，偵查水中一切塑膠物，無論塑膠物是漂在水中、水面，或是沉在水底、卡在海床，他都可以一一發現。

發現以後即將之標定位置，並依照大小編列不同的識別號碼。

在他的後面，跟隨另一位AI，他們兩人之間依照一種磁力系統互相保持一定的距離，作業時兩人一組，第二位依著第一位標定的位置尋到目標，將之吞進身上的巨大集物槽。

最有趣的是第二位AI的吞噬動作，第一步先抓取目標，第二步搖頭擺尾拚命擺動一番，把所有可能附著在塑膠垃圾上的小魚、小蝦、小蟹和各種貝類甩開而避免誤傷生命，然後擠出水份以減少體積，再吞進肚裡去。他的身材要長得這麼大一隻是不無道理的。

這樣兩人一組在水下作業，搭配得合作無間，用來清理水下塑膠垃圾，真是一種有效的利器。爸爸的公司擁有兩千五百位這樣的機器人，一次全面下水，效率肯定驚人。

三合一型的ＡＩ，第三位機器人長什麼樣？有什麼功能和本領？我就不知道了，或許今天晚上用餐時我可以問個明白。

二　一通神祕的電話

許久不曾和爸爸在外面吃大餐了，莫說吃大餐，爸爸連回家吃晚餐的時候都越來越少。

我知道爸爸的忙碌，我不敢有一聲抱怨。

今天的晚餐未免也太豐盛了吧，有著好美麗的庭院和窗景的餐廳，桌上插著玫瑰花，餐巾摺得好漂亮。

菜一道一道端上來，沒有一道不精美，沒有一道不好吃。

只是才上了三道前菜和湯，爸爸的手機響起，匆匆離座去外面接聽，這是爸爸的禮貌，他要我們這樣做，自己也絕對是這樣做，不在不適當的場合接聽電話。

回座後，臉上似乎有些悶悶不樂。

「有事嗎？」媽媽輕輕一問。

「有一個人打了電話來，說是和標案有關的事，準備私下找我談談。他報了他的姓名，也告訴我他的公司的名字，我不記得朋友中有這名字的，也沒有一點印象。」

「和標案有關？有說想幹什麼嗎？」

「沒有，只說得當面談。」爸爸說，那人的口氣冷森森的，教人非常不喜歡。說完露出笑容：「沒事啦！我們繼續用餐吧！」

說是沒事了，其實事情才剛要發生，這一通電話，開啟了沒完沒了的後續故事。

這個人叫做磨杰，石磨的磨，唸作第四聲墨。他的公司取名魔羯星科技公司，就是魔羯座的魔羯兩字。

爸爸的公司其實也是一家科技公司，現代的企業，科技業所佔比例很高，可能現代社會都把科技當時髦產業吧。

魔羯星是幹什麼的公司呢？上網查不到，網上的資訊只有寥寥幾個字，如果不是一家默默無聞的小公司，便是故意搞神祕了。

我在網路上一無所獲，爸爸卻在接到那通電話之後顯得有了心事。每天半夜回到家，難得說一句話，問他也只說太累了。這樣未免太不尋常，從來爸爸都是有話直說的人。

星期天的下午，爸爸從公司加班回來，原想一個人進書房，我跟了進來。對坐良久，爸爸終於開口了。他就是這樣的人，我不開口之後，他遲早會自動先開口。

「你還記得那天那一通電話，那個磨杰先生嗎？」

果然我猜得沒錯，那通電話似乎還真是爸爸的煩惱來源。

我點點頭：「自從你告訴我這個人和他的公司的名字，我就上網查了，只是沒查出個所以然來。」

這樣的回答讓爸爸露出了笑容，他知道我在默默的關心他，也知道我越來越懂得用電腦找答案了。

「你查不到他的，他這個人行事低調，神祕得很，網上幾乎零披露，網路維基和百度百科也沒有資料。」爸爸說：「我透過朋友幫忙了解，朋友說，他也是搞水下科技的。」

「和我們同行的嗎？」

爸爸搖搖頭：「水下科技千千百百種，雖然現在已是ＡＩ日益被廣泛運用的時代，我們大志做的是運用ＡＩ清除水下塑膠垃圾這一個區塊，他們做的是運用ＡＩ從事水文調查，完全不同的方向。」

爸爸停了停，好像不知要不要再講下去，最後還是講了：

「他來找我，說是我們向政府標得的清理範圍和他們的水文調查範圍重疊了，他們要求我們避讓一下。」

「這怎麼行呢？我們對政府有承諾的。」

「他提出一筆數目嚇人的賠償金，給我們兩個選擇，一是私下收了錢之後悄悄縮小清除範圍，以避過他們的作業區域。反正水下塑膠漂來漂去，有沒有清除，或是縮小一些清除範圍也是神不知鬼不覺。另一個選擇是收了錢之後借故讓公司倒閉，向政府耍賴皮一走了之，拿了錢也夠我們吃喝不盡了。」

「爸爸如何回答？」

「我當場把他轟走了，簡直是侮辱我的人格，二十一億元就要賣掉我的人格、賠上我的公司之信譽，我豈是這樣的人！」

我真想衝上前給老爸一個深深的擁抱，這正是我一直引以為榮的老爸呀！這幾年來為了研發，大志公司幾度瀕臨破產，不說ＡＩ無力繼續研製，連員工的薪水都發不出來，媽媽不得不把結婚時的首飾都拿去變賣，還向阿姨借私房錢協助周轉，如今有人要奉上二十一億元，還真是一筆龐大的數目啊，難得老爸不為所動。

但是我更好奇的是這個磨先生莫非在海裡挖金礦，怎會提出這樣的條件呀？

「做ＡＩ圈子不大，他一口氣提出這樣一筆數字，反而引起了我的警覺，我開始調查他究竟做的是什麼樣的水文調查，但這方面卻無所獲，因為我打聽出來的魔羯星公司製作的ＡＩ，性能和功用好像真的集中在海底水文這一方面，查的是海床結構、地形、海水深度、海棚礁岩形勢、洋流……等等，這也是很正常的公司啊。」

聽完爸爸的描述，我忽然想到了一個問題：做這樣的調查利潤很高嗎？如果不是驚人的暴利，怎麼會一下子提出這麼驚人的條件給我們？

「啊！我倒是沒想到這個方向！」爸爸拍一下自己的腦袋：「做這樣性質的調查，肯定是政府機關委託，或是油、氣、電之類事業的探勘工程，但我卻查不到政府機關或其他相關的公、民營事業單位有這樣一件委託案。而且，做這樣性質的調查有什麼祕密可言？而這位磨先生，神祕得有如一具幽魂，和我講話時一定要在廁所中，開著水龍頭，還事先查明了我有沒有開手機偷錄音。」

在廁所裡講話？我想到兩個大男人擠在一間廁所的畫面，禁不住笑起來。但幹嘛開著水龍頭呢？嘿！偵探故事中有過這樣的情節，開著水龍頭可以防止錄音、竊聽，這個磨先生還真是奇怪又詭異了！

我覺得事情越來越離奇了。

爸爸說：「你今天給了我一個沒想過的方向，我會再了解一下，謝啦！」說完，鄭重地要求我對今天的談話完全保守祕密，不要說給其他人聽，以免惹出什麼節外生枝的意外。我知道爸爸對我的守密承諾非常信任，他曉得我一旦答應了就會謹守承諾。他常說我有著超齡的思考以及超齡的判斷力，這一點讓我十分得意，而把老爸當知音。

III 難忘的出航任務

學校開學後的第一個星期日，我原來約了同學到社區籃球場打球，老爸卻突然來了電話，要我準備一下，半小時後他將回來接我。

啊！我大大驚喜，立刻想到一定是今天老爸要帶我出航囉，這是爸爸的承諾，我曉得他的承諾一言九鼎，從未黃牛。

我立刻通知死黨不去打籃球了，並向他們道歉。果真，老爸回到家就證實了我的猜測沒錯。

儘管是要跟著老爸出門，老媽還是一直叮嚀不已，明明今天天氣晴朗，她還是擔心海上風浪太大，硬是要我先吞兩顆暈船藥才出門。

我們來到了一個港口，竟然是一個不起眼的小型的漁港。

老爸的船也遠比我想像中來得小太多，似乎是漁船改裝，這樣的船，如何載兩千多個ＡＩ出海呀？

老爸哈哈笑起來：又不是一次施放兩千五百個機器人！何況可別忘了，這些機器人的設計本來就是要在海底下作業，出海，當然叫他們自己游出去，何必讓他們搭船？

「自己游出去？」

「開玩笑啦！」老爸今天心情好，居然還跟我開玩笑。他說，每一位ＡＩ都是他疼愛的孩子，他才捨不得讓他們自己游那麼長的泳。他是分批分次依照當天作業需求把孩子們載出去投放，直接載到當天要作業的位置才投下大海。

「今天也要投放嗎？」我問。

「今天不投，今天是來監看一連六天以來作業區的作業成果的。」

我有點失望，看不到ＡＩ作業，那不等於只是出來看海？

「我了解你，放心，我們今天還是有作業要做，待會你就知道啦！」

小船出了港，雖說今天風平浪靜，一旦來到外海，還是晃得厲害。

我不是沒有搭過船，卻沒有搭過漁船。漁船是漁民打漁用的，本來就沒有舒服的設計。

我在船艙中看到了爸爸的行動辦公室，也就是指揮部，其實並不算大，老舊漁船的船長室放大改裝而成。在那裡，他就是一支兩千五百位機械部隊的指揮官。平時船上至少還有四位助理，但今天大家都休假，全船只我和老爸兩人，勉強算是有三人，因為另有一位ＡＩ也在船上。他的造型是巨大的鉗型雙臂，兩條蹼狀的腳，以及和一條魚一樣的下半身。說來他倒像是一個現代版的人魚王子。ＡＩ大多沒有性別設計，要叫他王子或公主都可以，只是因為頭上沒有長長的秀髮，才覺得他是人魚王子。

他的眼睛長在頭頂上——所謂眼睛長在頭頂上竟然也可以不是罵人的話——眼睛很大，看來像是一具探照燈，但大眼中鑲著好多個小眼，如果是動物來說就是複眼的設計了。

「我告訴過你我們的海底作業是三合一的ＡＩ，你已經看過第一和第二型，現在這位就是第三型。」爸爸說：「在第一位同伴發現並且標定塑膠垃圾之後，訊息傳給第二位，由第二位加以捕捉、吞噬、收集，但我們在研發最後階段發現了海中還有殺傷力更大、更直接危害海洋生物的另一種塑膠垃圾，那便是漁船上拋棄下來的漁網。漁網使用久了，破洞太多，修補太耗時間，也不划算，一些不負責任的漁民便直接把它拋棄到海中。這是非常要不得的事，因為漁網不會腐爛，留在海中會卡住各種魚類蟹類及海龜之類海洋生物，牠們一旦被卡住往往無法掙脫，最後的命運就是冤枉死在網上。這樣的海洋殺手無論近海遠洋都有，而且非常之多，危害海洋生靈莫此為甚。這時就要仰賴第三位機器人上場了。」

「就是這位人魚王子了？」

「哈！人魚王子，這名字取得好！」爸爸說，這是完全在我們服務項目之外追加的東西，我們發現廢棄漁網的問題之後，主動打造出第三型機器人，額外為政府增加這項服務項目，這並沒有請政府增加我們一毛錢預算，徒然增加了我們龐大的營運成本，但我覺得很開心，我們何需斤斤計較賺多賺少？能夠及時減少一件件海洋殺手，想想也是讓人非常快樂的事。

爸爸聊得眉飛色舞，我看著身旁這位人魚王子，覺得他真是帥斃了，轉頭看著老爸的臉，覺得他更是帥中之帥，超級無敵之天下第一帥。他能夠長期當我的偶像可不容易，我很善變的。

第三型的機器人在接獲一號前導者訊息及指令之後即刻游向目標，連拖帶扯將漁網拉出海床，同樣先辨明上面有沒有卡著任何海洋生物，細心將之剝離漁網，就地將牠們野放，之後還要仔細繼續再抖動三十分鐘，驅離任何靠近者，然後再將之吞進肚子。一面吞嚥一面嚼碎、打包，繫在尾鰭上，一包包拖回海面上船定的母船。原來除了這艘指揮船，平時作業時還有一艘母船伴隨，那是一艘容量驚人的垃圾回收船，負責搭載ＡＩ出海，也容納第二和第三型ＡＩ源源送上來的塑膠垃圾。

指揮艙中有各種指揮儀器，最驚人的是一個大型螢幕，如果ＡＩ下了水，螢幕會顯示他們的位置，可以放大縮小比例尺，必要時鎖定個別ＡＩ，察看他的作業深度、作業功率、作業區塑膠廢棄物的密度等等。我可以想像當兩千多位ＡＩ大軍一起下了水，螢幕上的畫面是多麼的壯觀，陣容是多麼驚人，對海洋環境所做的貢獻是多麼龐大！

爸爸卻當頭把我澆了一盆冷水。

爸爸說，兩千五百位我們家最英勇的戰士，也打不過一顆拳頭大小的心。這話怎麼說呢？只要人心沒有改變，沒有省悟，海洋塑膠垃圾永遠清不完，哪怕是兩千五百位戰士日夜努力，數量再增加十倍百倍，還是清不完。唯有人們不再使用一次性塑膠物，大量而全面性減少生活中的塑膠製品，配合已有垃圾之清除，情勢方能開始好轉。大志公司的下一步目標除了要將ＡＩ部隊員額擴增到二十萬名，另外還將研發教育ＡＩ，用最有趣的教學方式，組成全球性的宣導大軍，由一位位美麗溫柔的ＡＩ老師深入各地宣導減塑廢塑。

塑膠製品有可能全面從我們的生活中退去嗎？我很好奇。

「我的父親告訴我，在他小時候地球上並沒有塑膠這種東西，當時大家的生活也沒有任何不便，沒有任何不好！我父親和我這一代的人都是證人，可以證明只要大家都有共識，塑膠這種東西是可以不需要存在在地球上的。」爸爸說。

航行中，我們的螢幕閃出了一顆綠色燈號。這代表標定的、要投放今天這位人魚王子的位置到了，可以準備讓他下水了。

這個位置在前一天的作業中發現一具超級大型的廢棄漁網，估計約有一萬三千公尺長，今天先投放一具三型ＡＩ，讓他展開作業，透過遠距監看及指揮觀察他的作業效果，再決定明天要正式調派多少位來協助。一萬三千公尺長的網，真是非常驚人的大型垃圾。

遠距監看及指揮，多麼酷的作業方法。

起重機緩緩將我們的王子吊起來，動作輕柔的將他移到海上，再徐徐將之放下。

我看到老爸朝王子揮揮手道別，臉上充滿了一位父親慈祥的愛意。

然後，王子沒入水中，完全看不見了，大約二十秒鐘以後螢幕上的綠色燈影變成了橙黃色，顯示王子已精確就定位。

我們返航。

在返航的途中，我問起讓我掛在心頭的一句話，那個磨先生有再來找麻煩嗎？

爸爸點點頭，卻未回答。

他沒說，我也沒再問下去。我雖然是個好奇的人，卻也不是一個白目的小孩。我明白只要爸爸想說就會主動相告，他沒說，代表此刻依然還不是說的時刻。

Ⅳ 海底大決戰

我有點擔心人魚王子孤零零置身大海獨自作業的事。據說有許多ＡＩ已經擁有類似人類的感覺、情緒、感情，我倒是希望人魚王子沒有具備這樣的智慧水準，那至少他獨自在黑漆漆的大海中連夜工作不會感到寂寞。

我推想大志公司研發的三款ＡＩ，應該也都是不具備感覺感情的純作業型機器人，因為他們的設計目的單純，沒有必要如此。

這樣的自問自答，使自己安心不少，就徐徐墜入了夢鄉。

今天於我算得上是一趟充實之旅，參與出海抛投一位ＡＩ，似乎也多少分攤了一點工作，好累啊。

今天於老爸而言，卻是難得一個輕鬆的日子，只陪陪兒子出海一遊，順便拋投一個ＡＩ，和平日相比，今天心情悠閒得有如渡假。

只是，渡假的心情，在半夜兩點多鐘瞬間崩毀。

兩點十二分十一秒，海域監控系統閃出紅燈。

爸爸並不放心他那個獨自在海中工作的孩子，因此連夜觀察著監控系統，也看著代表王子正常工作的橙黃色燈號，這樣在心理上覺得有如在身邊相陪。

就在這個時刻，紅燈閃起！

出問題了！

立刻追查問題來源，並放大螢幕倍率。

橙黃色燈左突右閃，快速的移動位置。這動作像是在躲避什麼！

身為設計者，此刻後悔的是給他賦予的智能太低，絲毫沒有自我防護能力。

是大魚在攻擊他嗎？

不對！螢幕上人魚王子的位置身旁，出現一具大型黑色物。隨即，王子不見了，橙黃燈號消失。

啊！

被吞噬了？

爸爸大大駭異，全神觀察那個黑色物，並設法截下他的移動軌跡，一直跟監了約有二十浬遠之後，黑色物淡出於螢幕，也消失了。

終於，來了！該來的還是來了！

顧不得半夜三更，爸爸按下了緊急通話鍵，通報公司全體人員：「抱歉吵醒了大家，我是偉志，現在發現了第五號狀況，應對方案提升到第一層級，通話結束後請各就各位，我們要準備打一場硬仗了。」

爸爸忘了一件事，在有一次我們父子間的通話試驗後忘了切掉通話鍵。

此刻他下達指令，直接也進了我的臥房的音箱。

揉著睡眼，我坐起來，我聽不懂什麼是第五號狀況、第一層級，但我卻聽得懂在這三更半夜，他吵醒公司全體人員，並且要大家即刻行動，此刻他面對的當是何等大事！

我默默把衣服穿好，我不知道接下來我將遇到什麼樣的事，卻堅定的相信，我必定會是一位有用的幫手，哪怕力氣再小，也能提供一份力量。

整個公司人員忙碌一晚。一直忙到天亮，持續到近午時分，一切準備就緒，可以出發了。

半夜兩點多鐘爸爸出門赴公司前，我苦苦纏著他要求跟著去，爸爸拒絕之後我們得到了一個折衷：讓我先好好睡一覺，天亮後等到公司完成一切準備，要出海時回來接我。

現在來接我了，不是爸爸回來接我，而是公司的一位叔叔，我認得他，安心的隨他上了車。媽媽似乎更早已從爸爸那邊知道了訊息，因而老早就先幫我向學校請了假，叔叔來接我時她只揮揮手送我們出門，沒有制止。

爸爸派人來接我我猜測必是自己無法分身，果真到了公司，爸爸還在做最後檢查。

大型的貨櫃車停在公司門口，大約已有一百位ＡＩ整齊上了貨櫃。

我在貨櫃鋼門將關閉的最後一剎那看到了爸爸的ＡＩ戰士，突然發現他們的形狀和我見過的似乎不太一樣，莫非已被改裝了？

來到海港，員工們指揮著貨櫃將ＡＩ一具具吊上一艘較大型的船，那便是爸爸所說的母船囉。在吊掛的過程中我仔細看到他們果真已被改裝，他們都是第二型ＡＩ，抓取塑膠垃圾的手臂此刻已被更換成了巨型的剪刀狀手，這是左臂。至於右臂呢？裝上去的是一只像是拳擊手套的巨拳，哇！爸爸的第二型ＡＩ根本成了格鬥戰士了嘛！

吊掛到最後階段，出來的竟是第三型ＡＩ，原來他們被裝在貨櫃最裡面所以出現得最慢，大約有十位之多。他們也被改裝，同樣裝上巨剪和巨拳，更大的剪、更驚人的拳。

海底將有一場廝殺了嗎？我覺得腎上腺激素飆升到最高點，心臟也加快了跳動頻率。

爸爸卻是氣定神閒，表情一如昨天我們父子出海時那麼平靜。

五位員工隨著大約一百位ＡＩ夥伴上了母船，我和另二位員工及爸爸上了指揮船，出發！

咦？公司不是有九位真人夥伴嗎？怎麼一共只來了七位？

「你的觀察力很細密啊！」爸爸說：「另二位資深幹部留守於公司，他們除了要警戒今天可能出現的一切危害，另外還有更重要的任務。」

「公司也有可能遭受到危害嗎？」

「這叫做敵暗我明嘛！我們是合法的公司，一切資訊透明，假使有人想找我們麻煩，一下就找得到我們的，因此我們不能不有所防範。」

原來今天的戰場不只在海上，也要防著戰火燒到陸上來！這真是電影裡才會出現的情節，現在我將親身體驗了。

海面碧空如洗，海水蔚藍得彷若透明體，這樣美麗的海洋，怎麼會有人想把她破壞掉呢？丟垃圾的人是破壞者，而這個磨先生和他的團隊，肯定也不是好東西。

我們的兩條船，一前一後筆直而行，浪不大，水花卻仍時時飛濺上來，一波波噴灑在指揮艙的玻璃窗上。

爸爸全神貫注掌舵作業，依著船上的雷達和衛星導航系統前行。

一小時許，我們抵達目標海域。

啟動水下觀測系統！

這一套觀測系統有如海釣船上的魚探器，魚探器我看過，從船上可以直接觀察水下有沒有魚群，我認為那已是非常高科技的設備了，魚兒碰到它簡直無所遁形，一路被跟蹤追逐，指導船上的人追捕，根本想逃也逃不掉。而現在指揮艙上這一架水下觀測系統更比魚探器高明了無數倍，水下物被依有生物無生物二者標示出不同顏色，無生物指的是海底的礁岩、沉船、廢棄物，有生物就是生物，包括魚和潛水人等等。

這讓我好奇起來，我們的ＡＩ在這架機器中會被判斷是有生物還是無生物呢？

我不敢問，我曉得此刻一句話也不要插嘴。我只須觀察或許便可獲得想要的答案。

ＡＩ２，數量十，間隔50×80，投放！

ＡＩ２，數量二，間隔80×100，投放！

爸爸發號施令。百位ＡＩ戰士，一波波、一個個下了水。

我轉而觀察這架大螢幕，隨著我們的ＡＩ下水，出現點點黃色燈影。有的一下水便呈靜止狀態，有的則自行挪移位置，速度或急或緩。

我立刻再看水下觀測螢幕，看到了！ＡＩ被用介於有生物與無生物間的水紫色標示，而驚人的是，除了我們的ＡＩ，還有別人家的ＡＩ，呈現的是腥紅色。他們形狀醜惡，令人望之生厭，看來像是章魚，因為有許多腳，以及一個巨大的腦袋瓜，他們移動靈活，而我們的相對移動遲緩。這也難怪，我們的設計本來就是緩慢而認真的移除垃圾之用，而他們的呢？他們這樣的設計是要幹什麼呢？

啊！

我看到啦！

一頭章魚怪物朝著我們的一位戰士迅速靠近，用他的腳擁抱住我們的戰士，這真是可怕的死亡之抱啊。然後我看到了他的大大的腦袋下方的口器，是一張血盆大口，準備撕咬、吞噬我們的戰士。

我們這位戰士左臂的巨剪靈活展開反擊，剪斷對方的觸手，一隻接一隻的努力剪下去，緊接著，右臂上那顆巨拳揮出，章魚怪物腦袋被擊碎了，應聲而倒！水下沒有傳上聲音來，應聲而倒這句成語是我帶著想像彷彿聽到的。

消滅了！

幹掉一隻還有另一隻，但一隻接一隻在我們二型和三型勇士分力合擊之下一個個被巨拳擊倒，被巨剪剪成碎片。

天哪！如此英勇的戰鬥部隊，如此精彩的畫面，我抬頭看天空看大海，水面平靜無比，誰知水下戰鬥如此慘烈。

爸爸嘆了一口氣，我大吃一驚急忙靠過去觀看，我看到了昨夜被突襲而喪命的人魚王子，身手異處，連軀體也被絞碎，可憐他當時還沒改裝而毫無還手之力，看著螢幕，我的眼睛有如壞掉了的水龍頭，淚水一下子就流滿臉頰。

這一仗，我們完勝，有如電競遊戲那麼刺激，卻是真槍實彈的生死搏鬥。爸爸的ＡＩ，太強大了。

清理戰場完成統計，我們消滅掉敵方十七個ＡＩ，我方除了昨夜被突襲死亡那一位，其餘皆安然無損。

公司的二位留守人員火速傳來興奮的恭喜聲，原來他們也在全程監看。他們向指揮官我老爸請示：戰況結束，是否可以請海軍解除狀況了？爸爸回答：請他們恢復正常巡曳任務，向他們報告這邊我們已經搞定了。

海軍？我的天呀，原來海軍也和我們在一起，準備隨時提供我們必要的支援。

V 恐怖的武裝ＡＩ

在返航的路上，爸爸把船交給一位同事負責駕駛，坐在旁邊一張有靠背的椅子上，主動和我談到了魔羯星公司的事。

魔羯星公司是水文探測公司並沒有錯，但水文探測只是第一階段。

第一階段把我們國家某一個海域的海底徹底搞了個清清楚楚，以便銜接他們的第二階段。第二階段說來讓人嚇一大跳，那是我們的國安系統查出來的，他們在某一座小島設廠研發及生產ＡＩ，除了產製水文調查所須的ＡＩ，第二款是研發具有攻擊性，專門對付阻撓其調查作業的ＡＩ，這應該就是今天我們除掉了的章魚型ＡＩ。至於最恐怖的是第三款的武裝型ＡＩ，具有水下迅速移動的本領，在若干深度海域可以用噴射系統潛航，在近岸處則改成爬行模式，像一條水下的狗快速在海床上爬行，一旦登了岸，立刻變成一條瘋狗朝目標衝鋒而去。而他的身軀裝填了滿滿的火藥，可視任務裝填及發射各式槍彈、砲彈，甚至火箭。

這樣的武裝ＡＩ，因為體型不大，雷達不易搜索，因而現行水上火力及岸置火炮都頗難偵測到，一旦落入敵手，我們的海防必將遇到嚴重挑戰。

「魔羯星公司為什麼要發展這樣的恐怖武器呢？」

「或許是要高價兜售給野心家吧！現代的國際社會，大國無不盡心朝世界和平的大方向努力，卻難保沒有野心家想要藉著戰爭牟私利！」爸爸說，「我們的公司在和國安體系聯絡上之後，我們做了不挑釁也不怕事的準備，有能力防衛我們單純的清除水下塑膠垃圾任務，剛剛那一仗，想必教魔羯星公司得到了教訓而知所收斂。」

「那麼驚人的水下武裝ＡＩ一旦發展成功，我們的ＡＩ戰士還能有能力對付嗎？如果他們繼續挑釁我們，攻擊我們，我們該怎麼辦？」

「這已是屬於國安層級的事了，政府必有能力保護像我們這樣的合法公司。而有關國家安全這樣的大事，我們更可以信賴國家的防護及應對能力，安啦！」

集忠營

I

〇二一九出了狀況，第九營幾已人盡皆知，但彼此皆心照不宣。

不說出去的原因有二，第一是大家都曉得管理階層對他們是多麼心狠手辣，發現有了狀況泰半直接送進心智清空重組室，甚至扔進焚化廠將之摧毀，他們如果透露了〇二一九的祕密，幾乎就是謀殺了〇二一九，好歹大家兄弟一場，實在不忍心這樣做。

其次，他們驚見〇二一九的智能發展驚人，目前擁有的智慧究竟有多強已非他們這一群蟻族同伴們所能評量，他們沒有把握將〇二一九的情況反應給上級以後，○二一九會有什麼樣的反應，萬一反應劇烈，後果將變得不可收拾，搞不好大家都要被毀了。

蟻族是第三級人工智能機器人。機械人也會怕事、怕死嗎？

因為是第三級人工智能的機器人，他們已曉得死亡是什麼，也會怕死了。

II

人工智能機器人發展了二十八年，進度非常可觀，智慧發展有許多都早已超越地球上的自然人。

人工智能機器人被分為五級，第五級是菌族，是最基礎型機器人，被賦予輸入智慧，擁有基本智慧足以自主生活、生存、執行所被交付的任務。但被輸入的智慧不具備自主學習能力，所以除了執行被交代的工作，除非透過管理階層改造，否則終其一生就這樣持續工作到報廢。

第四級是蟲族，他們被輸入了相當程度的學習能力，在指令下可以自智慧庫中尋求自我充實、自我學習而獲得升級，使本身具備的能力逐級累積也逐級提升。只要學習到某一個階段，便可晉升為第四級裡某一層級的管理階層。

第三級就是蟻族，更進一步被輸入了感情心智能力，具備喜怒哀樂、愛慾情仇。基本上幾乎已和地球自然人相當，會哭泣，會歡笑，會傷心，也會期待。這一級人工智能機器人被認為帶著危險性的，一不小心會自我學習過頭而無法被駕馭，所以人數不多，進行自我學習時也受到祕密而嚴格的監控，怕的便是學到了太高的學問、擁有太多的情緒情感，產生不受控制的危險。

現在，〇二一九可能就發生了這樣的危險。讓同伴們擔心的是，〇二一九的自我學習，有許多完全逃過了監視，取得的學習管道也更加多元，究竟他的智能已發展到何種程度，會不會早已超越了比他們更高的第二級？甚至達到第一級？根本沒人曉得。

第二級究竟有多強呢？第二級叫做越人族，是他們這群被稱為蟻群的第三級菁英人工智能機器人的管理階層，也就是蟻族的上級。他們具備的智慧能力和體能結構究竟有多驚人，蟻族完全不知，因此無人膽敢造次尋求挑戰。第二級已是如此莫測高深，至於第一級，那是人工智能機器人的最高領袖，被叫做神族，據說已經超越地球自然人太多，目前和地球自然人維持一種假相的和平共處局面，不但人工智能機械人王國歸其指揮管理，連地球自然人都得讓他三分。這也是地球自然人發展人工智能機器人過程中未能預想到的噩夢。

人工智能機器人國度的各族民眾對這樣的發展，基本上沒有驕傲，也沒有擔憂，畢竟地球人咎由自取，有朝一日萬一整個地球完全淪落到人工智能機器人手中，也是人類自己所造成。

III

雖說所有的同一級別人工智能機器人在製造時幾乎完全同一個規格，卻因為被賦予自我學習之後還被賦予感情心智機能，會喜歡，會厭惡，會嫉妒、會計較……，這些情感與情緒的反應，加上自我學習領域的不同，產生的後果千變萬化，這正是蟻族的驕傲。蟻族無不認為他們遠遠高於第四級的蟲族太多，蟲族充其量只是有了些知識和能力，沒有感情，終究還是冰冰冷冷的機械人，給他們體溫也只是沒有感情的電腦控制溫度，感情的溫度才是做為一個「人」最須具備的條件啊。

〇二一九的自我學習意圖強烈得驚人，一開始第九營蟻族大家同時起步展開學習之旅，大約在進行到第三個選項時，許多同伴已經發現他選擇太多元也太複雜，即便有人想跟隨他一路領先開啟的學習領域，也一下子就被甩掉了，不得了，他的領悟力高得驚人，吸收能力也太過強大，整個九營夥伴中再也沒有人能夠和他並駕齊驅進行同步學習。

代表監控他們的一個祕密游標閃爍不停，這是監控單位加緊追蹤蟻族心智發展傾向的現象，但非常奇怪的是閃爍到某一個時候，卻又緩和下來，這代表著兩個可能，一是監控單位已經完整掌握住被監控族群的行進軌跡，另一則是被悄悄擺脫而不自知。〇八二號知之甚詳，老大哥〇二一九不是被跟上了、被掌握了，而是完美擺脫了監控。

〇八二是被佈置於蟻族第九營裡的一個潛伏的臥底者，外表與第九營每個人無一不同，學習與服務也相差無幾，她卻被賦予祕密任務，協助監控單位隨時就近提供貼身也更貼近的監控情報。

她的形象一直都是第九營最美麗也最乖巧的甜美娃娃，她十分稱職地跟著夥伴們生活，但當她警覺到〇二一九學習潛能太過強大，在心智情感領域也出現太多不為人知的祕密區塊時，她必須即刻跟上就近觀察、就近監控〇二一九才行，卻突然也警覺到一件事：曾幾何時，她自己竟然不知不覺間喜歡上了〇二一九！

說喜歡是刻意選擇了比較淡化的詞彙，她不肯承認卻又不得不承認自己對〇二一九不止是喜歡，甚至是愛。天哪，多麼荒唐！

機器人也會愛上機器人嗎？機器人設計到蟻族這個層級，愛上其他機器人是無庸置疑之可能，他們本身已經知道什麼叫愛，也會選擇自己所愛並愛自己所選擇，與真正的人類並無不同。只是〇八二完全沒有預想到這種事會發生在自己的身上。她也許有一天會愛上某一個機器人，卻不曾料到時間會是現在，更慘的是她再怎麼也不會猜想到會愛上一個曾經祕密觀察已頗有時日，現在發現了異狀而更須加倍用心去監控、去觀察的對象。

〇八二和蟻族擁有相同的構造之外，為了順利執行她被指派的祕密任務，出廠時刻意被提速智慧能量百分之二，也在體內建構了與上層直接祕密聯絡諸元，這是工作之需，卻是她一生絕對不准外洩的祕密。也因為提速百分之二，她的學習本能遠較蟻族同儕更優越許多。而今，她猛發現即使擁有優於同儕百分之二的智慧能量，竟然在學習之路程中的第五個選項也被〇二一九甩掉了，一時之間，她竟不知〇二一九朝哪個領域去追求他的新知。她慌了！

在接下來的全速追趕中，她頹然感受到越追距離越遠。她曾在第七個選項中驚見一百四十多條學習選擇，居然統統都曾留有〇二一九通過的瞬間軌跡紀錄，卻立刻再度失去他的蹤跡。令她驚駭的，除了緊接著不知要從哪個方向再建構追蹤之路，更在於這一百四十多條學習選擇中，包括了常溫下的核融合、質子解構與撞擊新發現、微米級生命重組術……等等不必要、不該也不能涉及之學識。這一個選項在人工智能機器人中是不允許涉入的領域，這是人類社會的國際公約，也是人工智能機器人社會從被製造研發一直到賦予擬人精神狀態一整個過程中的最大禁忌。而今，看來〇二一九已經踩進了紅線。

Ⅳ

白天，各不同群落的人工智能機器人在各自工作崗位上盡心盡力執行任務，夜間則像人類一樣全員休息。當然在三班制工作環境中他們也像人類一樣在二十四小時的一整天中輪班服勤，也可以獲得八小時休息時間。在休息時間裡，他們倒不是在睡覺，充其量只是在提供軀體結構的休止運作、保養補充，這便是他們的休息了。而更重要的則是此刻他們可以依照自己的選擇進行社交、聯誼與個人求知學習。這個時刻大家大致上都能彼此尊重而不相互打擾，當然社交時還是有互動的。

喜歡追求新知的蟻族人，絕大多數都善用休息時間努力自我學習以豐富自己，偶爾也有像人類般交交異性朋友，相約喝杯咖啡的。他們吃的是什麼？喝的是什麼呢？就算是喝咖啡，品的也是一種氣氛，真正的咖啡並不是在機器人的飲用選擇範圍內。

〇八二決心在這個晚上和〇二一九聊聊，她自己也不知道是基於所負不為人知的祕密公務，或是基於私情。想起公務在身，她的內心有著百般的糾結，想到她對〇二一九產生的情愫，卻心跳加速，臉龐緋紅，這是她的第一次有了愛上一個人的感覺。

她從他休息狀態中禮貌地喚醒了他。

所謂休息狀態，其實也只是站立在自己的位置而閉上雙眼，有點兒像是旅館房間門口掛起了請勿打擾的吊牌，只是一種宣示，倒未必一定是在睡覺，更大的可能是在休閒或學習。透過各種娛樂選項可以從事琳瑯滿目的娛樂活動，透過各種學習選項更可以無限制無止境一路學習上去。這種學習設計也正是人工智能機器人從蟻族以上的族群教人又愛又怕的地方，只要願意，任何一個蟻族人都可以在極短時間內擁有超越人類無限多的種種專業知識。人類受限於肉身條件、學習時間與大腦容量，一個平凡肉身之人，窮一生用功，學得的知識只怕還比不上一個蟻族以上階級的人工智能機器人三天之所學！也因而有許多人工智能機器人早已成為人類社會各種不同專業領域的教授，教導人類社會中正在大學執教或是在研究機構進行高專研究的學者專家一些他們想獲取的更高深的知識。人工智能機器人也早已深知在面對人類「學生」時有兩個信條必須謹守，一是須時時顧及人類的自尊心，以免傷了這些人類社會頂尖學者菁英階層的尊嚴，另一則是務必因材施教，絕不可傾囊相授，那必定會害得人類學者大腦爆炸，只能小心翼翼提供他們想學的某一個程度的學問，太高了他們也無一能夠吸收，無一能夠聽得懂。

「你睡了嗎？」她微笑著問他。這句話的意思是你是在休閒活動還是正在學習中？或是無所事事？

他含笑回答：「正在玩遊戲，沒有睡。」

「今天可累？」

「一成不變的工作呀，我們都是鐵打的身，不累啦。」

聽他如此回答，她笑出聲來，對啊，機器人，工作是不會累的。只是她自己近來常常恍神，錯把自己當成人類了。

莫非這是因為暗戀著他，才產生了幻想為人的錯覺？

她笑得很神祕，臉龐出現了一抹粉紅，她真憎恨居然也有像人類一樣的精密設計，害她暴露了心思。而細密的他，果真發現了。

「怎麼？妳也睡不著？」開口溫柔，卻沒點破。

「我沒有其他的意思喔，只是想和你聊聊。」

她卻十分明白，如此解釋毫無意義，她曉得他已洞悉，因為基礎智慧相當。

這個夜晚，他們傾心相談，直到天明。

V

像這樣的私密約會、聊天，〇八二和〇二一九三不五時就來上一場，兩人都真心喜歡，這是具備了仿人感情的人工智能機器人非常美好的感覺。或許絕大多數蟻族人都不曾擁有過這樣的經驗吧。

〇八二卻被愛沖昏了頭，深深陶醉其中。

在工作的時刻裡，兩人各有不同領域，也在不同工廠，休息時刻回到了宿舍，卻可以相會，這真是美妙無比的浪漫時刻。

到現在為止，蟻族第九營即使曾出現不少情侶檔，倒還不曾發生太嚴重的違規事件。畢竟機器人終歸是機器人，和人類還是有所不同。人工智能機器人多半內斂含蓄，也免不了擔心釋出情感之後會引發什麼樣的後果，因而即使有所謂的兩性相吸、談談情說說愛的事，也總是淺嚐而止，少有太過認真搞得不可自拔的。

〇二一九被塑造得真是帥氣無比，高大英挺，眉宇間隱隱一股英氣逼人，不止一次〇八二半嫉妒也半取笑他：身為一個機器人，幹嘛把自己弄得如此好看呀？莫非存心去追求人類的美眉？他只是笑笑，笑出一口潔白整齊的牙齒，誰也知道機器人長相不由自主，塑造者賦予他們什麼樣貌，一輩子便是那個樣貌，改不了。

據說塑造者在賦予機器人長相時，都取材自人類中的某一個人，換句話說，人間真有其人。這樣的傳說在機器人中流傳，但誰也無法知道真正的答案。

〇二一九在人間肯定是一位美男子啊！

約會次數多了，〇八二對他了解更多，但似乎也僅止於某些皮相的了解，有些問題很明顯的他沒有詳實告知。〇八二知道自己任務在身，反而不想追問下去，她認為，既然雙方已是朋友，彼此要互負忠誠與真心，暗中刺探他的任務變成了背叛朋友的不道德。啊，機器人也有道德觀嗎？機器人也要遵守人類社會中所定義的道德標準嗎？她反而迷惘起來。

有一天，他忽然認真地盯著她好久，盯得她心慌意亂起來。

然後他突然發問：「有想到外頭逛逛嗎？」

她差點嚇得下巴脫落。

所謂外頭，簡單的說就叫做營外，第九營之外的人間世界。

雖然在工作時成天都在營外，也難免接觸到人類，許多職場上的同事事實上也是人類，但是人類和人工智能機器人之間是有極為嚴格的隔離的，例如蟻族第九營這座集忠營，幾乎就沒有人類會進來，他們也絕不得私下踏出營界一步。人界和集忠營中間有一層能夠透光卻透不過任何影像的玻璃大罩相隔。

「你……，看過外頭，的，世界？」她講話都結巴起來，這是多麼嚴重的禁忌啊，即使只是談談都已觸犯紀律了。

他把手伸出來，手掌上的按鈕已然啟開，掌心兩個洞洞，兩根突出柱呈現眼前。

她驚訝得更是心慌意亂起來。在人工智能機器人而言，這代表著完全無私無隱的絕對私密交流，每個蟻族人工智能機器人手掌上都擁有這樣常備卻備而不用的特殊設計，當雙方輕輕一握，手掌上的洞孔和突起相互對榫接合，雙方不經言語，不需表情肢體互動，心智已然瞬間交流。雙方要談什麼直接表達，不必問，也不必答。

更驚人的是雙方還能藉此交流得到智慧積累，這是最教人驚嚇的設計，有如人類迄今無法完成的交換大腦、複製彼此大腦記憶在此被實現了。人類之難如登天的換腦工程，其實在人工智能機器人而言只不過是相互拷貝對方記憶體，相對簡單太多，也容易太多。

〇八二原來一度有意打聽關於〇二一九的學習歷程、學習成果以及心中意念等等，後來雖然隨著兩人感情升溫而由她刻意規避，沒想到如今瞬間到手。

她感動於這個從不曾在嘴巴裡說出一個愛字的男子漢，竟是如此真心愛她，深情愛她！若非愛得如此之真，愛得如此之深，絕對沒有人會如此坦然無隱將自己的一切內心私密、以及一生辛苦學習之知識完全告知及轉送對方的。

但〇八二也立刻想到了自己身上背負著的祕密任務，她可以得到他的一切，相對地也等於他可以得到她的一切，她的真實身分被曝光了。

事到如今，一切都豁出去了。既然瞞也無從瞞起，索性把心一橫，當朋友本來就應該坦然啊！

在這樣絕對私密的交談中，他告訴她曾有多次出去的經驗，他厭惡於被囚禁在人工智能機器人的集忠營，他甚至還衝動地罵出了一句粗話：去他的集忠營。

他嚮往人間社會，雖然當一個正常之人有生老病死，有生離死別，會衰老，會生病也會死亡，但他卻認為那才叫做幸福，連衰老和死亡都是一種幸福，遠比永遠不老不死的人工智能機器人更真，更美，更可貴。

他在言語之間將自己對於「當一個真正的人類」的嚮往和渴盼據實以告，卻讓她有所不解，她忍不住問：可是，人工智能機器人也有軟嫩光潔的皮膚，健康的體溫、一切都與真人相仿呀？當機器人和當人類又有什麼太大的差別？

相仿不是相同。他回答得斬釘截鐵：「即使不能成為一個人，也真心希望多多和真人有真心真情的接觸，找一些和真人相處的機會，去近身探觸一個真正的人間世界。」

他再一次探問：妳願追隨我同遊一次外間世界嗎？

她沒有開口，手掌中的傳輸讓他瞬間便已明白她的心思，在這樣的傳輸狀態下雙方根本無須開口，開口誠屬多餘。

於是敲定了時間，雙方互換一個深情的眼神，意念中執行完成一次緊緊的擁抱，然後脫離雙掌，若無其事的重回獨立狀態。

VI

在集忠營的中央公園，仿真與真實的飛禽走獸、草木花卉、奇岩異石、飛瀑流泉處處，幾乎比人間場景更美上幾分。這裡曾是蟻族人非常喜歡的地方，只是，隨著蟻族夥伴們自我學習日深，智識日高，漸漸的大家對這座規模龐大的花園已失去興趣。可不是嗎？個人學習網上任何一個螢幕都能夠提供的千變萬化之神奇畫面、互動設計，都遠比親自逛進這個花園要精彩萬倍。

人類的社會，或許基於鍛鍊強身、基於回歸自然的渴求等種種原因，常有親臨大自然環境的渴求及行動，但人工智能機器人不必仰賴散步、健走、慢跑來健身，也沒有所謂走進大自然可以獲得身心沉靜的問題，當初這座花園的構想似乎是沒有考量到機器人與人類之間的不同，長久下來，花園竟然成了集忠營沒有必要的「蚊子館」。

但偶爾還是有人會走進去的。〇二一九就是常去的一個。

而〇二一九去中央花園，除了賞花怡情解憂，還有另一個完全沒人知道的祕密。在他超前同儕太多的學識追求行動中，有一次他居然破解了第九集忠營的設計密碼，只要進入某一個隱藏的資訊箱中，整個第九營的營區設計圖盡入他的眼中。

設計圖裡記載許多暗藏的機關，最驚悚的是有一座門。

從這座門，可以直接通往人類社會！

如果循正常管道，人工智能機器人踏出營區及回返營區都有一定的路線，一定的營門，以及嚴格的出入規範，平時也不容任意進出。但隱藏在中央花園某個位置的這扇門，卻可以直接進入人間社會，這是多麼奇幻的設計呀。

〇二一九想不透當初何以要有這樣的設計，但他親自實驗之後卻是確認了這座門的存在，以及奇妙的功能。

第一次嘗試時，他憑著熟記在腦海中的集忠營設計圖找到了門的位置，它隱藏在一座假山和一道瀑布之間，它的外觀和周邊的山壁無論顏色或形狀完全一致，除非擁有設計圖參考，根本難以用肉眼去辨別及識破。依據設計圖指示，這扇門的開啟之鑰竟是假山最側一塊岩石左朝右算過去第二十二朵玫瑰假花！機器人不怕刺，卻也沒有哪個機器人會無聊到故意去碰觸玫瑰花梗上的刺，而門的開關竟然就是第二十二朵玫瑰的花枝，要將它輕輕朝上一提，再朝左一轉，門便開啟了。

開啟後的門，仍然維持著關閉時的顏色和形狀，這是簡單的光電障眼法設計，簡單之物，卻可以遮掩住門的祕密，無論啟閉，不知情的路過者是難以察覺的。

○二一九打開了門，卻還是被騙過了好幾秒之久，試著用手去探探，才知山壁上真的已經出現了一個門。

他小心翼翼確定一下中央花園當時完全沒有其他人之後才走進去，一進去，轉身再碰碰那扇門，居然已經自動回復關閉狀態。若非他記熟了回程開門的方法，那一趟出門他就進不來啦！

門通往哪裡呢？一間光潔的密室，竟是一座電梯。

原來這門直接銜接人類社會一座大都市裡的百貨大樓的電梯。只不過這電梯密室隱身在整座電梯的一個祕密夾層中，位於第六十一層和六十二層之間，知道祕密的人透過電梯按鈕的幾個操作動作，可以教電梯停在這個夾層，然後，他們便可以像一般人類一樣乘坐電梯到想通往的樓層，混進人群之中。

那一趟探祕之旅，○二一九雖然穿著便服，卻自覺穿著還是不很得體，無法自在融入人類社會，因此在往後的幾次私闖行動中，他已懂得為自己稍作打扮，穿著也更與一般人類無異。他非常清楚萬一行跡敗露必然立刻遭到管制階層逮捕甚至就地撲殺，因而格外小心謹慎。在人類社會中人工智能機器人被上層管理階級直接執行撲殺被認為是正常之事，這便是〇二一九深深感受到的身為人工智能機器人的悲哀。在人類社會，哪能如此輕易殺人呀？機器人難道就沒有人權？

獨行多次的經驗，在和〇八二做了如此真情告白之後，〇二一九決定帶她同遊，即使是冒著極度的危險也在所不惜。他發現了人類社會中才會出現的情與愛故事竟然發生在自己的身上，一個值得他真心摯情相與的人竟然出現，這個真心摯情的人就是〇八二。

〇二一九從來沒料到他會遇到這樣一個對象。

雖然〇八二進入第九營只比他晚了幾個月，雙方同營相處為時也不算短，但於他而言，努力衝刺的只是不斷進修，不斷精進自己，充實自己的學識和能力，他把工作之餘所有的休息時間放在進修上，一分一秒也不肯浪費。

對於〇八二，偶爾接觸，皆只禮貌性的招呼而已。雖然有時難免發覺〇八二看他的眼光有異，充滿了有別於一般同事、夥伴的異樣光采，他卻認為只是自己的過敏。何況第九營中女性機器人佔了一半，對他好感甚至直接告白的異性還真不少，他總是一笑置之，他十分明白機器人畢竟就是機器人，所謂異性朋友間的交往，也只是一種虛幻的遊戲罷了。

所以，當那天他忘情地伸出手掌與她進行心智交流的剎那，他完全無私無隱的把自己的心聲悉數相告，意外間確認為雙方互有好感，也突然發現了〇八二的身分祕密，竟是被派來監視第九營的特務，連他自己都是被監視對象！

他一直自認為在全力而又全面性的追求新知過程中，心智學能早已遠遠超越蟻族中任何一個人工智能機器人，竟然就疏忽了對大家的防備心，真是從來也不曾想到居然集忠營裡還有用來監視他、監視大家的同伴，而〇八二就是這樣角色的人。

但他的震驚也只出現片刻，在接續的心智交流中他完整了解了〇八二的養成過程、學習過程及執行職務上被賦予的工作的經過，他發現〇八二雖然負有祕密任務在身，卻心性善良，不曾舉報過任何人任何事，即使試圖追蹤過他，懷疑過他，也沒有想到要向上級呈報她所發現的異常，這一點真使他格外覺得感激與感動。那也直接促使他衝動地想要帶〇八二出遊人世間的念頭，他不得不承認自己不知不覺間更加深了對她的感情和愛意。

現在，兩人來到了中央花園，在他的引領下，順利穿出密門祕密出境成功，從那個神祕電梯踏入了人間社會。

雖然在日常的安排中，他們也是在人間社會各個崗位中上班、工作，和人類互為同事關係。但他們必須謹守人工智能機器人的紀律，上班、下班，除了工作、公務，不得與人類有所其他接觸。他們有許多方面的智慧和能力都已遠遠高於人類，卻是地表上的「二等國民」，永遠低人類好大一級。

所以私闖人類社會，在心情上是完全不同的，此刻至少他們假扮著與真人無異的角色，短暫過著與真人相同的生活了。

兩人就如同一般人類的情侶般攜手同行，離開豪華的大廈，逛過兩個街廓，進到一座公園，規模和形狀和第九營中央花園相差無多的一座公園。兩人興奮踏入，看花賞水，聽鳥觀魚，享受到人間生活和人工智能機器人生活不一樣的全新體驗。

有什麼不一樣呢？他悄聲問她。她的回答竟只有一個字：真！

她說，來到人間社會，讓她回想在集忠營裡頭的一切竟是何其虛假。大家過著像是人的生活，穿戴打扮得像是一個人，說人類語言，學人類一切言行舉止，就算是有些知識遠遠高過人類，在與人類的「同事」相處時還得刻意降低，以配合人類同事的理解力。

更不要談吃喝習慣了！他們幾乎不知不覺有意無意就學著人類吃東西、用餐具、喝飲料，喝再好的咖啡於他們而言根本是毫無意義之事，卻還學得有趣。

同樣的公園，第九營中央花園的設計和設施可說完美無瑕，遠遠優於人類社會的公園。中央花園的流水永遠不虞枯竭，永遠不會汙染，流速永遠一致，發出的流水聲音永遠是那麼動聽，池畔蛙鳴、樹上鳥鳴永遠是那麼逼真悅耳，花也會開，也會謝，如今坐在人類的公園，忽然看到水中漂著一張糖果紙，那是方才走過的一個頑皮小孩扔下去的，忽然看到有個小姐以為四下無人，竟任憑她牽著的小狗在樹叢下尿了一泡尿……，這些，雖然不雅、不宜，卻是多麼真實啊！

〇八二對這一切簡直看呆了。小坐良久，〇二一九想問她心裡有什麼感受，偏過頭來，發現她竟然淚流滿面。他知道，她是一個有感情、有真情的機器人，她也和他一樣，羨慕人間社會的真實，無論生老病死、無論花開花謝，樣樣是真，這才是生命。

VII

這一次的偷渡出境，對〇八二真是一場強烈的震撼教育。回到集忠營，繼續過著人工智能機器人的生活，竟使她深覺厭倦、厭煩甚至厭惡。

尤其，她從來也不曾對自己肩負的祕密任務厭煩到這麼深。以前她一直認為祕密監視機器人同伴為的是維護一個機器人社會的倫理，以及捍衛機器人與真人共有的和諧、祥和世界，工作是如此莊嚴而又神聖，如今她卻強烈的感受到監視夥伴們是一種敗德的行徑，尤其連她所愛的人也要監視，真教她感到內心萬分掙扎而日益痛苦。

連續幾天她深陷在複雜的情緒中，同伴們不曾察覺，〇二一九卻心知肚明，也心疼著她的苦惱。

幾天之後，她找〇二一九聊心中話，決定一次聊個明白。

開宗明義她選擇最犀利也最疑惑的問題發問：「我曾追蹤你在學習路程上的紀錄，我想知道的是，你何以闖入紅線區？你學許多超級恐怖的毀滅性武器究竟基於何種原因？」

「因為我求知若渴嘛！我對一切的知識都深感興趣。」〇二一九坦然相告：「如果我不能搞清楚妳所說的那些毀滅性武器是如何製造出來的，我如何能即時發現有人正在從事深度的研究？甚至已經展開祕密進行製造工程？那我如何能去即時加以制止？」

「你想干涉並加以制止？」〇八二嚇了一跳。

「妳認為我不具備這樣的能力嗎？」

她打量著他，深深吸了一口氣，眼前這個人具備的能量是多麼的充沛，眼神是多麼的堅定，如果這個世界上真要有人扮演這個角色，她實在也想不出還有誰更加稱職。

她暗暗為自己選擇了這個人為終生所愛而喝采，果真她沒有看走眼，這是一位勇敢而且具有慈心救世襟懷的英雄。但她也為自己所選而懊惱，如果有一天他真必須挺身制止有人或是有機器人想研發、製造摧毀世界和平的、更強大的恐怖武器，那任務將是何等艱難而危險，犧牲性命都有可能，她怎麼受得了？

「你是蟻族的族群成員……」她不知如何開口，心中想著的是身在這個層級，何不好好扮演一個蟻族？何必非要讓自己提升到越人族？甚至要擠身晉入神族？世界正義的捍衛者應該屬於越人族和神族的職權和責任。雖說進取心是可貴的精神，可佩的素養，但是，機器人是有層級區分的，在被製造出來時已經被決定了一生的任務和功能，大家分層負責，也是一種維持機器人世界和諧、安定、永續的方式。如果只顧依著自己的意志，踏入其他層級的領域，豈不破壞了這樣的和諧和安排？

〇二一九知道她心中想的是什麼，身為蟻族，就好好當蟻族人便好。

那可不行！如果發現了重大犯罪事件能夠坐視不管嗎？如果看到有人身陷危急可以冷漠地視若無睹嗎？一條人命之可能受害都須即時伸出援手，有可能關係到成千上萬，甚至危害全人類、整個地球的重大事件怎麼可以裝作不知道、沒看到？

假使他們是不具智慧的菌族人，不具感情的蟲族人，那還沒話說。而他們身為蟻族，不但有智慧，可以幾乎無止境的進行自我學習，甚至還有和人類不相上下的感情認知，他不可能會無情到視人類與地球同毀於無睹。

〇八二接收到他的心意，明白無比。就算他沒有表白，她也知道答案就是如此。而這樣的答案，她也無從辯駁，更無從反對。

她的心緒紊亂，要求〇二一九陪她再往人間一趟，散散心。這些日子以來，她多次想到要求〇二一九再陪她偷渡的事。關於偷渡密道，她走過一次便已謹記在心，自己都可以找到密門，進到人類社會，但她完全不曾想過自己獨自出去，一心想著的只想要有〇二一九的陪同。

〇二一九順從了她，於是，他們再一次打開了祕密之門，穿行於隔離之幕。雖然此際〇二一九自己的心中更是千頭萬緒，他正被一件前所未有的大事困擾著而不知如何抉擇，看到了〇八二一雙眉緊鎖，心事重重，也就不忍違逆，於是雙雙再度悄然潛入中央花園那個祕密之門。

VIII

再一次踏入了人間社會，兩人各有心事，卻不急著談，決定把心中事暫擱一旁，好好欣賞一下人間社會萬象。兩人似乎都有預感，這樣看似雲淡風輕的並著肩攜著手閒散漫步，或許是他們的最後一次了。

人間社會，其實放眼早已都是機器人族群，但絕大多數都是蟲族和菌族人。他們身為蟻族機器人，非常明白比他們低階的蟲族、菌族，他們完全不操心這兩大族群會發現他們，兩大族群的智能遠遠低於他們。至於比他們高階的越人族和神族，他們也很清楚並無可能出現在這樣層次的人類活動場域，兩人大可安心行走。

逛進一個龐大的商場，時裝店許多名貴的新裝掛滿了櫥窗，穿在漂亮的模特兒身上，那早已都是菌族族群模特兒了。以機器人取代以往的木雕、金屬或是塑膠製模特兒高明又方便，按個指令模特兒便會擺出最美的姿態，乖乖站好。然後，站了一陣子再按個指令，模特兒自動變換姿勢，然後隔幾天依店家需要換裝，再換上新裝，依著指令另外再擺姿勢，真是個個風情萬種，人人婀娜多姿，而且姿勢永遠不會重複。最難得的是透過大數據統計，從模特兒的雙眸就可以直接觀察消費者的眼光、表情、凝視時間的久暫，同步了解某一款新裝受到喜愛或是厭惡而即時換裝。

餐飲店是蟲族人的天下，蟲族機器人大廚師依照指令做動作，烹調出絕對完美的美食，火候和配料無一失誤；玩具店？如今哪一個玩具不是菌族同胞所扮演的呀？小女孩玩的公主王子各型娃娃都是機器人、小男生玩的各種機器人直接就是機器人，由機器人來當機器人玩具絕對稱職無比；甚至連兒童玩具的家具、房屋、街道、各種模型汽車火車、摩托車、飛機軍艦大砲，也早已是菌族機器人的天下，依據須求設計製造，聽憑指令為使用者服務，千變萬化！

街道商家每一家都由菌族人擔任最低層角色，擁有智慧的蟲族人當指揮者，收銀檯上當然就由蟲族人擔任收銀員，銀行業和醫生也盡是蟲族結合菌族人的天下，街道穿梭的汽車、各種飛行載具由蟲族人當駕駛員更是歷史已久。反而真人的人數不多，真人在這個社會上的角色看來已經退居幕後的操控者。

真人真的是所有機器人的操控者嗎？想到這個問題，○八二和○二一九彼此互望一眼，交換了一個淺淺的笑容。這個問題對他們來說可還真是心知肚明，表面看來是人類製造機器人，人類賦予機器人生命、智慧、能力，但發展至今，自從機器人有了自主學習能力，還有了情緒和情感，懂得喜歡、討厭、歡樂、憎恨，會讚美也會嫉妒，會施捨付出，也會記恨記仇……，許多高層次機器人無論學識、體能、智慧都早已遠遠超越人類太多了。如今機器人可以自主操控三D列印源源生產新的機器人，也可以依照決定或決策摧毀另一個機器人，也就是機器人已經完全不再仰賴人類，反而是人類依賴機器人已到無法回頭的地步，雙方現在雖然還維持著和平互利的和諧場面，誰曉得有朝一日機器人會不會突然在一夜之間成為地球的真正操控者呢？

在一個美麗而幽靜的咖啡店一個角落，兩人選了一個座位，各點一杯咖啡。咖啡極其香醇，為他們奉上咖啡的是一位菌族服務生，這家店整個店裡的服務生都是菌族同胞，只有櫃檯收銀機前坐著一位面貌清秀的小姐，一時之間難以辨識是不是比菌族高一層的蟲族人。服務生和櫃檯小姐當然完全不會知道角落這一對帥哥美女的真正身分。

「妳煩的是什麼事呢？」〇二一九問。

「我的心事你明白不過，教我自己來講，還不知從何說起呢。」她嫣然一笑。可不是嗎？教她心煩的東西，該怎麼說呢？

「我明白妳心中的困擾，其實，妳也當明白我的困擾幾乎和妳相同。」〇二一九坦白的說：「我們的真正困惑和難過只有一個：何以我們要是機器人？何以我們不能是一個真正的人？」

〇八二點點頭。

「雖然明知做為一個擁有肉身的真人，將伴隨生老病死諸多煩惱與痛苦，而做為像我們這個層級的機器人不但沒有生老病死的問題，生病了頂多替換一個零件，連腦袋都可以隨時取下替換一個嶄新的；我們沒有病的問題，沒有老的問題，我們一樣可以相愛，一樣可以做真正的人想做的任何事，可是我們卻就是想要當一個真正的人，這真是奇怪的思考，而我啊，連我自己也不知道何以出現如此渴望成為人類的衝動，我們或許都是機器人中的另類吧。」〇二一九說。

〇八二再點點頭，他所說的，正是她的心中所想的。

「然而，嚮往歸嚮往，我們畢竟無法成為一個真人，這一點我們必須接受。」〇二一九繼續說。說完，忽然重重地嘆了一口氣。

這聲嘆氣未免太沉重，敏慧無比的〇八二察覺了他似有更重大的困擾纏繞於心。

「沒有錯，我是有更大的困擾。」〇二一九下意識的轉一下身，環顧一遍整個店，方才坐在窗畔的一對情侶不知何時已經離去，現在寬敞的店裡頭，只剩下他們這一對。他還是壓低了聲音，並且刻意開啟發聲器旁的低頻干擾系統，讓任何有意向他們監聽竊聽的行動都無法進行。

做好了防範的準備後他徐徐開了口：「我最近在追蹤一個案子，從懷疑到逐漸明顯，甚至於從明顯已至確定，便是從我向上級進行逆向反監視的行動中，找到了他們正在進行的一個恐怖計畫……」

「你向上級逆向反監視？」〇八二幾乎失聲驚叫出口，這真是太震撼啦！上級派她來監視蟻族第九營全體成員，而現在，這個受她監視的〇二一九，居然膽敢逆向監視上級。這樣的行動有如挑戰上級，蟻族的上級就是越人族和神族，都是超級電腦機器人，甚至是機器人世界的大腦、神經中樞，擁有的能力和能量或許連人類都無法抵擋，〇二一九再強大也絕不是對手，怎可輕言挑戰？

「我發現了他們的異常心智交流聚會，我最後截獲到了他們的聚會情報，越人族之中，有一支小組織透過祕密聚會有意取代神族，更進一步甚至還要瓦解人類與機器人目前的互助互利合作模式，他們想成為這個星球的主宰者。」

〇八二驚嚇得一句話也說不出來。

IX

有客人穿著優雅魚貫而入。

一個、兩個、三四五六個，一共進來了六個人，三男三女。

他們看來一如人類的上班族。但〇二一九看到了，臉色立刻為之大變，迅速轉頭輕聲卻急促的喊一聲：〇八二妳快走！

〇八二還沒有反應過來，〇二一九再催促了一句：「他們來了，妳快離開，回營去！」

〇八二似乎知道怎麼一回事了，卻依然定定坐在原地不走。

然後，六個人朝他們圍攏過來。

〇二一九緩緩站起，迎向來人，眼神卻繼續示意要〇八二離開。

六人之中的一個向他伸出手，就像人類老友相見的拍他一下肩，再朝他的耳後一摸，瞬間〇二一九眼神渙散下來。緊接著再走向〇八二，也是同樣動作，〇八二驚呼並掙扎抗拒，卻勞而無功，也一下子全身麻痺癱軟。

六位客人向嚇得張大了嘴的櫃台小姐揮揮手，算是打招呼，這櫃台小姐原來難得竟是一位真人，難怪嚇傻了。雖然她成天與機器人相處，似乎從未見過這樣的場面。接下來，六個客人列隊走出咖啡店，〇二一九和〇八二兩人就像被催眠般呆滯著表情順從的跟在他們後面一起邁步走。他們已被逮捕了！

兩人被帶到另外一扇門，這是一座通往另一個機器人世界的密門。這座門偽裝成街道上一個古色古香的路燈柱，在柱子上的某一個位置被鑲了個祕密開啟器，一做動門便開啟，並在提供出入之後自行閉合。

完全恢復神智後，〇二一九和〇八二兩人甦醒在一個四面完全漆黑，僅中央留著光線的不知邊界與形狀的空間，然後有聲音傳來。

「這裡是審判室。現在，我們開始進行對二位的審判。」

「請問，是人類的審判室還是我族之審判室？」〇二一九虛弱地發問。

「自然是本族之審判室，與人類無涉。」審判官答。並接著說：「首先審判蟻族第九營〇二一九。〇二一九所犯法條如下：

一、未經報准擅離營舍進入人界，共十七次，屬重大違法行為第四級。

二、進入學習領域之禁制區，並讀取學習不被允許之學識達第二級違禁。

三、逆向監視上級，屬重大違法行動第二級。

以上違法行為，應處心智清空重組之刑。」

天哪！心智清空重組，等於宣判一個擁有心智及學習累積的機器人靈性生命之死亡！也如同人類所說的電腦之清空、格式化，一旦心智清空重組，〇二一九等於自地表永遠消失，只剩一個機器人的空殼了。

審判官接著宣佈對於〇八二的判決。

「蟻族第九營〇八二，違背被賦予之神聖職責，非但未執行應盡之責，還與任務對象發生私情而貽誤公務，屬重大違法行為第二級；未經報准擅離營舍進入人界，共兩次，屬重大違法行為第五級；以上違法行為，本應重懲，姑念被告識見未深，動機單純，減輕其刑以茲悔過。量處剝奪任務型機器人身分，打入準蟻族學習營重新學習九個學程之後方得回返蟻族。」

審判官宣判完畢，詢問二人對上判決有無辯解？〇八二搶先回答：「我不要重新進修再成為蟻族人了，我請求審判長判我死刑，和〇二一九一樣被心智重組。」

說完，淚流滿腮。

〇二一九回答：「我深信審判長做此宣判之前已徹底查明我所做的一切，

因此我別無意見。我被重組我甘於接受，但我深知自己所作所為，是為了這個機器人家庭與地表上人類之永續和平友誼長存，如果仍然遭受死刑，死無遺憾。唯一所要請求的是敬請審判長寬諒〇八二所犯行為，她別無犯罪企圖亦別無犯罪之意念，也從未傷害任何機器人與人；她所犯只基於愛。」

說到這裡，〇二一九的聲音提高起來：「我們榮幸是蟻族人，也以蟻族為傲。而蟻族被賦予的，除了具有強大的自我學習能力，還具有情感意識。我們蟻族人能愛能恨，能選擇與分辨。〇八二只是在選擇的時候發生了愛，愛得多麼純潔，多麼美好，她之棄離職責、擅闖人際也緣由自愛。愛是多麼美麗的情操，請問審判長愛有何罪？我請求審判長宣判〇八二無罪。」

「住嘴！這是紀律，莫以愛為名，更莫以愛而無限上綱為所欲為！」審判長厲聲斥喝，當庭駁回辯解。

說完，自黑暗處突然出現二名強壯高大的機器人，這是執行官。〇二一九昂然面對，〇八二當庭失控痛哭，厲聲哭求：不要！不要！請放過他！

其中一位執行官首先直接的走向〇二一九，向〇二一九伸出手。

就在這個時候，整個暗室突然在剎那間出現一道澄亮無比的黃光，瞬間暗室變成澄黃有如蛋黃的半透明色彩。兩名執行官和審判官及多位一直隱身在黑暗空間中的相關法庭人員一齊現身，同時轉身迎向光源，態度莊嚴無比。

「〇二一九和〇八二，肅立，面向光！」有人下了指令。兩人立刻配合轉身，肅立。

傳說中的神族，機器人世界之最高領導者，雖然從未見過，沒想到在此刻臨死、臨別之前得以親睹，神族現身了！

「大家聽令。」光的來源處傳來神族的語言：「關於蟻族九營〇二一九和〇八二所涉案件，越人族審判官針對詳盡調查，所判合宜也無違誤。但是在調查中疏忽了一個最重要的環節，便是〇二一九在被逮捕前最後階段所從事的私行為領域，調查員在即時傳輸中晚於審判期，完全被疏漏掉了。

〇二一九在私行為中發現了重大事件，他大膽向上級進行私監視，並從其中發現有越人族之某些族群，透過祕密聚會決定瓦解人類與機械人目前的互助互利合作模式，甚至想成為這個星球的主宰者。這一部分未被調查到。

這一個情報我們另有管道也在進行調查中，幸好情況尚未失控，還可以及時處理，如果一直未被發現問題將變得極其嚴重。而〇二一九以其強大的自我學習能量所獲知識及行動，領先蟻族同儕洞見此項事件，表現之優異與勇敢甚至不遜於越人族，值得表率，也值得表揚！

因此，在此將宣佈，撤銷審判官對〇二一九之宣判，即時起升遷〇二一九至越人族群！」

神族似乎話還沒完，〇八二情緒再一次失控，淚水再度嘩然地喜極而泣。

「我的話還沒有講完，大家安靜！」站在光源處完全無法看清楚形象的神族繼續宣佈：「接下來便是對這個愛哭、愛笑、敢愛也敢於付諸行動的小女孩的另類宣判，這個宣判判決有二，由聆判者自選其一。」

啊，未免太讓人意外了，判決竟然還有兩種讓人選擇的？

「第一，〇八二一心想成為一個人，同意讓她成為一個人是選項之一。第二，她可以獲准繼續留在九營，免除重修之懲罰。」

還沒有等待〇八二回答，〇二一九突然無禮的插了嘴：「我懇求至高無上萬能的神族長官讓我也能成為一個人吧，我願放棄升遷為越人族的榮耀，樂當平凡人。」

他轉向〇八二，忘情地給她深深一個擁抱。

神族以澄黃色光譜慢慢轉向粉紅色，代表了他的同意。

在全場一片浪漫的粉紅祝福中，傳來大家齊聲的道賀。

當光線逐漸退逸，祝福之聲逐漸淡離，竟已是人間世界華燈初上時刻。

〇二一九牽著〇八二的手，緩緩走向嶄新的新的生活領域。

他們必將忘掉重返中央花園的密門，眼前他們迫切需要的絕不是那件可厭之事，而是開心為自己取一個生活在人世間的新名字。

少年文學55　PG2450

AI登陸：決戰魔羯星

作者／邱　傑
責任編輯／尹懷君
圖文排版／蔡忠翰
封面繪者／劉肇昇
封面設計／劉肇昇
出版策劃／秀威少年
製作發行／秀威資訊科技股份有限公司
114 台北市內湖區瑞光路76巷65號1樓
電話：+886-2-2796-3638
傳真：+886-2-2796-1377
服務信箱：service@showwe.com.tw
http://www.showwe.com.tw

郵政劃撥／19563868
戶名：秀威資訊科技股份有限公司
展售門市／國家書店【松江門市】
104 台北市中山區松江路209號1樓
電話：+886-2-2518-0207
傳真：+886-2-2518-0778

網路訂購／秀威網路書店：http://store.showwe.tw
國家網路書店：http://www.govbooks.com.tw
法律顧問／毛國樑　律師

總經銷／聯寶國際文化事業有限公司
221新北市汐止區康寧街169巷27號8樓
電話：+886-2-2695-4083
傳真：+886-2-2695-4087

出版日期／2020年10月　BOD一版　**定價**／280元
ISBN／978-986-98148-7-4

秀威少年
SHOWWE YOUNG

國家圖書館出版品預行編目

AI登陸 : 決戰魔羯星 / 邱傑著. -- 一版. -- 臺
北市 : 秀威少年, 2020.10
面；　公分. -- (少年文學 ; 55)
BOD版
ISBN 978-986-98148-7-4(平裝)

863.57　　109009244

讀者回函卡

感謝您購買本書，為提升服務品質，請填妥以下資料，將讀者回函卡直接寄回或傳真本公司，收到您的寶貴意見後，我們會收藏記錄及檢討，謝謝！如您需要了解本公司最新出版書目、購書優惠或企劃活動，歡迎您上網查詢或下載相關資料：http:// www.showwe.com.tw

您購買的書名：________________________________

出生日期：________年________月________日

學歷：□高中（含）以下　□大專　□研究所（含）以上

職業：□製造業　□金融業　□資訊業　□軍警　□傳播業　□自由業

□服務業　□公務員　□教職　□學生　□家管　□其它_____

購書地點：□網路書店　□實體書店　□書展　□郵購　□贈閱　□其他

您從何得知本書的消息？

□網路書店　□實體書店　□網路搜尋　□電子報　□書訊　□雜誌

□傳播媒體　□親友推薦　□網站推薦　□部落格　□其他__________

您對本書的評價：（請填代號　1.非常滿意　2.滿意　3.尚可　4.再改進）

封面設計____　版面編排____　內容____　文／譯筆____　價格____

讀完書後您覺得：

□很有收穫　□有收穫　□收穫不多　□沒收穫

對我們的建議：________________________________

____

____

____

請貼
郵票

11466
台北市內湖區瑞光路 76 巷 65 號 1 樓
秀威資訊科技股份有限公司 收
BOD 數位出版事業部

（請沿線對折寄回，謝謝！）

姓　　名：＿＿＿＿＿＿＿＿　年齡：＿＿＿＿　性別：□女　□男

郵遞區號：□□□□□

地　　址：＿＿＿＿＿＿＿＿＿＿＿＿＿＿＿＿

聯絡電話：(日) ＿＿＿＿＿＿＿＿　(夜) ＿＿＿＿＿＿＿＿

E-mail：＿＿＿＿＿＿＿＿＿＿＿＿＿＿＿＿